Bianca

Boda imposible
Sharon Kendrick

HARLEQ

Editado por HARLEQUIN IBÉRICA, S.A.
Núñez de Balboa, 56
28001 Madrid

© 2011 Sharon Kendrick. Todos los derechos reservados.
BODA IMPOSIBLE, N.º 2064 - 16.3.11
Título original: The Forbidden Innocent
Publicada originalmente por Mills & Boon®, Ltd., Londres.

I.S.B.N.: 978-84-671-9592-7
Depósito legal: B-2509-2011
Editor responsable: Luis Pugni
Preimpresión y fotomecánica: M.T. Color & Diseño, S.L.
C/ Colquide, 6 portal 2 - 3º H. 28230 Las Rozas (Madrid)
Impresión en Black print CPI (Barcelona)
Fecha impresion para Argentina: 12.9.11
Distribuidor exclusivo para España: LOGISTA
Distribuidor para México: CODIPLYRSA
Distribuidores para Argentina: interior, BERTRAN, S.A.C. Vélez
Sársfield, 1950. Cap. Fed./ Buenos Aires y Gran Buenos Aires,
VACCARO SÁNCHEZ y Cía, S.A.
Distribuidor para Chile: DISTRIBUIDORA ALFA, S.A.

Capítulo 1

LO ÚLTIMO que deseaba era ir caminando desde la estación. El aire era helado, el cielo de un color gris plomizo y Ashley estaba cansada e inquieta. Había pasado la mañana en el tren, viendo el triste paisaje por la ventanilla mientras se preparaba para conocer a su nuevo jefe. Intentando convencerse a sí misma de que no había necesidad de estar nerviosa porque Jack Marchant no podía ser tan formidable como la mujer de la agencia de empleo le había dado a entender, tomó el camino que llevaba a Blackwood.

Desgraciadamente, su llegada a la impresionante mansión no la había animado mucho porque el poderoso Jack Marchant no estaba allí. Y cuando le preguntó a Christine, su ama de llaves, a qué hora lo esperaba la mujer levantó los ojos al cielo.

–Nunca se sabe –le respondió–. El señor Marchant hace sus propias reglas.

Ahora, mientras paseaba por un camino helado, flexionando los dedos bajo los guantes de lana para hacerlos entrar en calor, se dio cuenta de que Jack Marchant parecía ejercer ese efecto en las mujeres de cierta edad. La propietaria de la agencia de empleo lo había descrito como «formidable», una palabra que podía esconder multitud de pecados.

¿Significaba eso que era malhumorado o sencillamente tan grosero que no se molestaba en aparecer para conocer a su nueva secretaria?

Aunque daba igual cómo fuera, su personalidad era irrelevante. Ella necesitaba aquel trabajo y, sobre todo, necesitaba urgentemente el dinero. Era un contrato de corta duración, pero muy lucrativo y ella podía aguantar cualquier cosa, incluso aquel triste paisaje donde hasta el propio aire era tan frío, tan inclemente.

Pero aún le daban miedo los cambios, incluso con la práctica que había adquirido pasando de una familia de acogida a otra durante su infancia. Aún tenía cierta sensación de miedo cada vez que conocía a alguien o debía enfrentarse a una nueva situación. Había tenido que aprender lo que a la gente le gustaba y no le gustaba, escuchar lo que decían, pero mirarlos a los ojos para saber lo que en realidad querían decir.

Porque casi desde la cuna había aprendido a leer entre líneas, a diferenciar entre las palabras y la intención para encontrar la verdad detrás de una sonrisa. Había aprendido bien la lección, sí. Era una técnica de supervivencia en la que ella era experta y una que seguía practicando de forma instintiva.

Ashley se detuvo un momento para mirar alrededor. El páramo era un lugar solitario, pensó, las ramas secas de los árboles dándole un aire lúgubre, casi siniestro. Pero cuando llegó al final de una pendiente pudo ver la torre de un campanario y varios tejados puntiagudos. De modo que al menos había un pueblo cerca, con gente y tiendas y a saber qué más.

Y si se volvía hacia el otro lado podía ver los muros grises de la mansión Blackwood, que a aquella distancia tenía un aspecto imponente. También podía ver el bosque y los edificios que la rodeaban, cobertizos y establos, y el brillo distante de un lago.

Ashley intentó imaginar cómo sería poseer tantas tierras, ser un rico hacendado que nunca tenía que preocuparse por el dinero. ¿Sería eso lo que hacía a Jack Marchant tan formidable? ¿Tener montañas de dinero corrompía a la gente?

Estaba tan perdida en sus pensamientos que al principio no oyó el ruido de algo que se acercaba a toda velocidad. El ruido parecía reverberar en el silencio de la tarde y Ashley tardó unos segundos en darse cuenta de que eran los cascos de un caballo.

Sorprendida y desorientada, una sensación que aumentó al ver un colosal caballo negro galopando hacia ella, no sabía qué hacer. Era un animal enorme, como salido de una pesadilla infantil, y sobre la silla iba un hombre de pelo negro alborotado por el viento.

Era muy alto, muy fuerte, de rostro duro e implacable. Ashley se encontró mirando unos ojos de acero, tan negros y profundos como la noche.

Transfigurada, no se dio cuenta de que debía apartarse hasta que el caballo estuvo casi encima de ella y, por fin, dio un salto hacia atrás.

Pero el animal, asustado, lanzó un relincho, levantando las patas delanteras. En ese mismo instante, un perro enorme de pelaje blanco y negro apareció corriendo y ladrando...

Y, de repente, todo ocurrió muy deprisa. Ashley escuchó un relincho, un ladrido y una maldición seguida de un golpe seco. El caballo había caído al suelo con su jinete.

El perro ladraba mientras corría hacia ella como para pedir su ayuda y Ashley se acercó, asustada de lo que podría encontrar. El caballo intentaba levantarse, pero su jinete estaba inmóvil y, asustada, se inclinó sobre él.

¿Estaba... muerto? Ashley tocó su hombro con dedos temblorosos.

−¿Se ha hecho daño? ¿Está bien?

El hombre dejó escapar un gemido.

–¿Me oye? –Ashley insistió porque había leído en alguna parte que lo mejor en esos casos era evitar que el herido perdiese el conocimiento–. ¿Puede oírme?

–¡Claro que puedo oírla, está a un metro de mí!

Su voz era sorprendentemente enérgica y más que un poco irritada. El hombre abrió los ojos y Ashley dejó escapar un suspiro de alivio. Estaba vivo.

–¿Está herido?

Él hizo una mueca. Qué pregunta tan tonta. ¿Por qué se mostraba preocupada cuando había sido ella quien provocó la caída?

–¿Usted qué cree? –murmuró, sarcástico, intentando mover las piernas.

–¿Puedo hacer algo?

–Podría empezar por darme algo de espacio –dijo él–. Apártese y déjeme respirar.

El tono era tan autoritario que Ashley se apartó sin pensar, observándolo mientras intentaba levantarse... pero sólo pudo ponerse de rodilla sobre el camino. El perro se volvió completamente loco entonces, ladrando y saltando a su alrededor hasta que el hombre lo silenció con una orden:

–¡Cállate, Casey!

–No debería moverse –dijo Ashley.

–¿Cómo sabe lo que debo hacer?

–Lo leí en un libro de primeros auxilios. Si está herido, y es evidente que lo está, yo podría ir a pedir ayuda. O llamar a una ambulancia. Podría haberse roto algo.

Impaciente, él negó con la cabeza.

–No me he roto nada, seguramente será un simple esguince. Déjeme descansar un momento.

Ashley aprovechó para mirarlo de cerca. Incluso en aquel estado era un hombre imponente, altísimo, de anchos hombros y piernas poderosas. Tenía el pelo alborotado, negro como la noche, tan negro como sus ojos. Debía haber tenido una pelea en algún momento de su vida, o tal vez un accidente, porque podía ver una pequeña cicatriz a un lado de su boca... una boca muy sensual, pensó. Aunque tenía un rictus severo que parecía grabado de forma indeleble. Tal vez por el dolor.

Sus facciones eran demasiado marcadas como para decir que eran convencionalmente bellas, pero había algo en él que lo hacía muy atractivo. Exudaba una masculinidad que debería haberla puesto nerviosa, pero no era así. Quizá porque en ese momento estaba herido y vulnerable.

–No puedo dejarlo así. Tengo que pedir ayuda –insistió.

–Claro que puede. Se está haciendo tarde y no es buena idea pasear por aquí de noche. Especialmente cuando pasan coches. O tal vez es usted de la zona...

–No, no soy de aquí.

–No, claro, si fuese de por aquí sabría que no debe quedarse parada en el camino de un caballo que va al galope –murmuró él, pasándose una mano por el cuello–. ¿Dónde vive?

–En realidad, acabo de mudarme aquí.

–¿Dónde vive?

Parecía absurdo ponerse a charlar sobre su vida cuando él estaba tirado en el suelo, malherido. Pero la miraba con tal intensidad que resultaba imposible no contestar. E imposible no sentirse un poco mareada...

–En la mansión Blackwood.

–Ah, entonces vive allí –dijo él, frunciendo el ceño–. En la casa gris, sobre el páramo.

Ashley asintió con la cabeza.

–No es mía, claro. La casa es de mi nuevo jefe.

–¿Ah, sí? ¿Y cómo es ese jefe suyo?

–No lo sé, aún no lo conozco. Soy su nueva secretaria y... –iba a decir que Jack Marchant la había contratado para que hiciera una transcripción de su novela, pero se preguntó por qué iba a contarle nada de eso a un extraño. ¿Sería por la extraña intensidad con que la miraba? ¿O porque la hacía sentir un cosquilleo extraño?

Ashley se apartó un poco. La discreción era parte fundamental del trabajo de una secretaria. ¿Y si el señor Marchant se enteraba de que había estado hablando de él con un extraño?

–Bueno, si está seguro de que no se ha roto

nada será mejor que me marche. Mi jefe podría haber vuelto a casa y no quiero hacerle esperar.

–Espere un momento –dijo él entonces–. Puede ayudarme si quiere. Sujete a mi caballo.

Ashley tuvo que tragar saliva. El animal era más imponente que su jinete. A unos metros de ellos, estaba golpeando el suelo con sus cascos y soltando una nube de vaho a través de la nariz.

–¿O le da miedo? –le preguntó él.

En realidad, le daba más miedo esa mirada oscura, pero Ashley tenía un gran instinto de supervivencia y sabía cuándo era necesario admitir la verdad.

–Yo no sé mucho de caballos.

–Entonces no se acerque, ya me las arreglaré. Espere, no se mueva.

El hombre puso las dos manos sobre sus hombros para levantarse y Ashley experimentó una extraña sensación al notar la presión de sus dedos. Tal vez porque no estaba acostumbrada a que la tocasen. Era como si el roce la quemase a través de la ropa.

En el frío atardecer, sus ojos se encontraron y sintió como si estuviera derritiéndose bajo el impacto de su mirada. ¿Era su imaginación o él había apretado la mandíbula? ¿Sólo a ella se le había ocurrido el extraño pensamiento de que sería totalmente natural que la tomase entre sus brazos?

Él se apartó abruptamente y empezó a caminar

despacio hacia el caballo, hablando en voz baja como para calmarlo.

Ashley lo observaba, como hipnotizada mientras subía a la silla de un salto. Era como si no se hubiera caído del caballo, como si no hubiera pasado nada.

Poesía en movimiento, pensó, cuando se inclinó para dar una palmadita en el flanco del animal.

Por un segundo, quiso pedirle que no se fuera, que se quedase y la hiciera sentir viva otra vez. Pero, afortunadamente, el momento de locura pasó enseguida.

–Gracias por su ayuda –dijo él–. Y ahora, váyase. Váyase antes de que se haga de noche y asuste a otro caballo con esos ojazos suyos. ¡Casey, ven aquí, chico!

El perro se acercó corriendo y el hombre golpeó los flancos del caballo con los talones, mirándola por última vez antes de lanzarse al galope de nuevo.

Ashley se quedó donde estaba, perpleja, viendo cómo se perdía por el camino, el ruido de los cascos haciendo eco en el solitario páramo.

Nadie le había dicho nunca que tuviera unos «ojazos», pensó. Y, desde luego, nunca un hombre tan increíblemente atractivo como él.

¿Quién sería aquel extraño de cuerpo poderoso y expresión amarga?, se preguntó.

Ashley volvió a la mansión Blackwood y cuando Christine abrió la puerta, un enorme perro blanco y negro salió de la casa y empezó a dar saltos a su alrededor.

–¡Casey! –exclamó Ashley–. ¿De quién es este perro?

–Del señor Marchant.

–Ah, ¿entonces ha vuelto?

Christine asintió con la cabeza.

–Sí ha vuelto, pero no por mucho tiempo. Ha tenido un accidente.

–¿Un accidente? –Ashley tragó saliva, con el estómago encogido.

–Por lo visto, se cayó del caballo. Acaba de irse al hospital.

El perro, el accidente...

El corazón de Ashley se desbocó al darse cuenta de que el hombre que se había caído del caballo era su nuevo jefe, Jack Marchant.

Capítulo 2

LAS RAMAS de un árbol golpeaban el cristal de la ventana, pero Ashley apenas se daba cuenta mientras miraba el jardín. Sólo podía pensar en el hombre de los ojos negros que se había caído del caballo y en cómo se había encontrado con su nuevo jefe en las circunstancias más extrañas.

Su nuevo jefe.

Ashley tragó saliva. ¿Estaría herido, se habría roto algo? Tal vez había tenido que quedarse en el hospital, con una hemorragia interna o algo así. Tal vez nunca volvería a tener la oportunidad de hablar con él.

Ella sabía que la vida podía cambiar de un minuto para otro. Jack Marchant estaba galopando alegremente, disfrutando de la vida, y un minuto después...

Christine le había dicho que no había noticias y que no había nada que pudiera hacer hasta que volviese el señor Marchant, de modo que subió a su habitación para intentar tranquilizarse.

Ella estaba acostumbrada a habitaciones pequeñas, pero la suya era enorme, con una cama grande, cubierta por una manta de cachemir. Y había más en el armario, le había dicho Christine, porque la temperatura bajaba mucho por las noches. Además de la cama había un sofá lleno de cojines y una televisión sobre la cómoda.

–El señor Marchant no suele ver la televisión –le había contado el ama de llaves–, pero yo le dije que no se podía traer a alguien de fuera sin ofrecerle algo con lo que entretenerse por las noches.

Ashley tuvo que sonreír. No, no podía imaginar al serio Jack Marchant viendo una telenovela o alguno de esos ridículos concursos.

Tampoco ella era fan de la televisión y, tomando una novela de las que había llevado en la maleta, se sentó en el sofá y empezó a leer mientras esperaba noticias del hospital.

Pero, por una vez, era incapaz de concentrarse en el mundo imaginario que prefería a la vida real. En lugar de eso veía imágenes de un cuerpo poderoso tirado en el camino...

De modo que él era Jack Marchant. Había esperado a alguien mayor, un anciano con gafas tal vez. Eso era lo que pegaba con el autor de varias biografías militares que había decidido escribir una novela autobiográfica. Pero era todo lo contrario. Diferente a cualquier otra persona que hubiese conocido.

El libro olvidado por completo, Ashley miró alrededor. Ella había crecido con muchos chicos, pero eran sólo eso, chicos. Mientras Jack Marchant exudaba una virilidad desconocida para ella. Y no sabía cómo iba a lidiar con un hombre como él a diario.

«Pero no tendrás que lidiar más que con el trabajo que te encargue», pensó. «Es tu jefe y estás aquí para trabajar, para vivir en su casa y, a finales de mes, cobrar el generoso salario que va a pagarte. Ésa es la razón por la que estás aquí».

Un golpecito en la puerta interrumpió sus pensamientos. Al otro lado estaba Christine, con el abrigo puesto y una bolsa en la mano.

—Me voy a casa —le dijo—. Y el señor Marchant ha vuelto del hospital. Está abajo, en la biblioteca, y dice que quiere verte.

—¿Está bien?

—Sí, claro que está bien. Haría falta algo más que una caída para que alguien como él se hiciese daño.

—Tal vez debería cambiarme de ropa —murmuró Ashley, nerviosa, tocando el elástico de sus vaqueros.

—Será mejor que no te retrases, no le gusta esperar. Te veo en un par de días —se despidió Christine—. Que lo pases bien.

¿Pasarlo bien? ¿Por qué tenía la impresión de que aquel trabajo no iba a ser precisamente divertido?

Después de ponerse una blusa y una sencilla falda, se hizo una trenza y bajó a la biblioteca. La puerta estaba cerrada y el autoritario: ¡Entre! como respuesta al tímido golpecito en la hoja de madera casi la hizo salir corriendo.

Ashley empujó la pesada puerta y vio una oscura figura frente a la chimenea, de espaldas a ella, una figura que reconoció inmediatamente y que, sin embargo, le parecía más formidable que antes. ¿Sería porque las llamas creaban sombras en la habitación, dándole aspecto de gigante? ¿O porque el físico de aquel hombre era sencillamente formidable?

De repente, se sentía insustancial, diminuta. Como si pudiera dominarla a ella del mismo modo que dominaba la habitación.

—¿Señor... Marchant?

Él se volvió y las llamas iluminaron su rostro, creando sombras sobre unas facciones que parecían esculpidas en granito.

Daba una sensación de soledad, como si se hubiera aislado del resto del mundo... pero cuando se fijó vio un brillo de dolor en sus ojos. O de furia. Pero enseguida desapareció. En lugar de eso, la miraba con expresión fría.

—Nos encontramos de nuevo.

—Sí.

Jack Marchant sonrió. La misma sonrisa burlona que había esbozado en el camino.

–Mi salvadora.

Ashley se encogió de hombros, incómoda.

–La verdad es que no pude hacer mucho por usted.

–No, supongo que no –Jack la estudió, recordando sus ojos verdes y sus labios temblorosos, la suavidad de sus manos cuando lo tocó en el hombro. Qué poderosa podía ser la suavidad, pensó. Y cuánto tiempo había pasado desde la última vez que experimentó su dulce seducción–. Y, sin duda, se sentía demasiado culpable como para valerme de mucho.

–¿Cómo dice?

Sin saberlo, aquel hombre había tocado su punto débil. Porque su vida había estado plagada de falsas acusaciones hechas por aquéllos de los que dependía: las madres de acogida, las matronas de los orfanatos. Una y otra vez había descubierto que los abandonados eran objetivo fácil para los más crueles. Y ahora, mirando esos ojos oscuros, se preguntó si alguien más inventaría delitos que ella no había cometido.

–No sabía que hubiera hecho algo malo.

–¿No sabe que no es aconsejable asustar a los caballos? ¿Que son tan temperamentales como las mujeres? Pero no se quede en la puerta, venga y siéntese, no voy a morderla. Y si vamos a pasar los próximos meses encarcelados aquí, será mejor que me cuente algo sobre usted, ¿no le parece?

–Sí, claro.

–Siéntese... no, ahí no. Siéntese cerca de la lámpara, donde pueda verla.

Las piernas no parecían responderle del todo mientras se acercaba al sitio que le había indicado y, después de sentarse al borde del sillón, él se sentó enfrente, aunque su rostro seguía en sombras.

Se había cambiado los vaqueros y el jersey por un pantalón oscuro y una camisa de seda. Con ese atuendo parecía un moderno aristócrata, las largas piernas estiradas frente a él.

–Eres más joven de lo que había pensado –dijo entonces, tuteándola por primera vez. ¿Por qué demonios le enviaba la agencia a alguien tan joven, alguien con esa piel de porcelana?

Ashley se encogió de hombros.

–El anuncio no especificaba una edad concreta, señor Marchant.

–No, no me llames así. Ahora que he dejado el ejército no me gustan las formalidades. Será mejor que me llames Jack.

Jack. Le iba bien, un nombre fuerte y poderoso.

–Tú eres Ashley, ¿no?

–Sí, Ashley Jones.

–¿Y cuántos años tienes, Ashley?

–Dieciocho.

–¿Dieciocho? –repitió él, sorprendido. Era más joven de lo que había imaginado. Y había algo demasiado atractivo en esa juventud, algo que era una tentación para un hombre. Aunque él no tuviese la intención de ser tentado.

Su rostro juvenil lo hacía pensar en sexo, en piernas y brazos enredados bajo las sábanas...

Y, aunque era lo último que deseaba, su cuerpo reaccionó ante esos eróticos pensamientos.

–Yo esperaba a alguien con más experiencia.

El instinto de supervivencia de Ashley al imaginar que iba a despedirla antes incluso de que hubiese empezado a trabajar se puso en marcha de inmediato.

–No se preocupe por eso, yo tengo experiencia, señor Marchant.

–Jack.

–Jack –dijo ella.

–Sí, pero yo esperaba a alguien de más edad a quien no le importase estar en medio del campo –Jack arrugó el ceño. ¿Habría idealizado aquella chica el trabajo?, se preguntó–. Por aquí no hay discotecas. Es un sitio muy tranquilo, más que eso. Nada de bares o pubs llenos de jóvenes.

–A mí no me interesan los bares.

No, con el pelo recogido en una trenza y ese atuendo tan formal, no podía imaginarla bailando hasta la madrugada.

–Espero que no te aburras aquí.

Ella negó con la cabeza, preguntándose si había imaginado un ligero tono de advertencia.

–Lo dudo mucho. Y no soy tan joven.

Él rió, burlón.

–Sí lo eres –le dijo, preguntándose si él habría sido tan joven como aquella chica alguna vez. ¿Sus ojos habrían sido tan claros, tan limpios? Mucho tiempo atrás, tal vez. Antes del ejército, antes de...

Jack apretó los labios. Antes de que la lotería de la vida le gastase una amarga broma, pensó, levantándose para echar otro leño al fuego.

–Una vez que has pasado de los treinta y cinco, alguien de tu edad parece un niño.

¿Cuántos años tendría él?, se preguntó Ashley. ¿Treinta y cinco, treinta y seis? No tenía arrugas, pero sí sombras bajo los ojos y un rostro marcado por la experiencia.

De repente, se le ocurrió que Jack Marchant podría despedirla. Y entonces no habría trabajo ni sitio en el que alojarse. Necesitaba el dinero, más de lo que lo había necesitado en toda su vida, y la desesperación hizo que intentase convencerlo de que podía hacer el trabajo.

–No hay nada raro en trabajar a los dieciocho años –se defendió, intentando sonreír como si no pasara nada–. Aunque últimamente todo el mundo parece pensar que sí.

–Estoy de acuerdo.

–Si uno tiene edad suficiente para votar, también la tiene para ganarse la vida.

Jack se encontró pensando que su rostro se transformaba completamente con esa sonrisa. Aunque tuvo la impresión de que no sonreía muy a menudo.

–¿Y desde cuándo trabajas?

–Desde los dieciséis años.

–¿Haciendo qué?

–De secretaria sobre todo, aunque también he hecho muchas otras cosas.

–¿Por ejemplo?

–Mi último trabajo fue en un internado y antes trabajé en un hotel.

–¿Siempre trabajos de interna?

–Sí –asintió Ashley–. Estoy intentando reunir dinero para comprar un piso.

Cuando hubiese pagado la enorme deuda que colgaba como una espada de Damocles sobre su cabeza.

–Y no tienes estudios universitarios, claro.

Ashley suspiró, preguntándose por qué la gente siempre sacaba esa conclusión. Por supuesto, ella había querido ir a la universidad, pero el deseo y la realidad eran dos cosas enteramente diferentes. Tener que mudarse innumerables veces durante sus años de formación y asistir a algunos de los peores colegios del país no te daba las calificaciones académicas necesarias para ir a la universidad.

–Me habría encantado, pero no pude hacerlo.

Jack notó que estaba a la defensiva, pero no entendía por qué.

–¿Tus padres no insistieron en que estudiaras?

–No tengo padres –dijo Ashley.

–No, ya me lo imaginaba.

Ella lo miró, sorprendida. ¿Por qué decía eso? ¿Era extraordinariamente perceptivo o ella llevaba escrita en la frente la palabra «huérfana»?

–¿Cómo lo sabes?

–No lo sé, tal vez porque algo me dice que llevas mucho tiempo cuidando de ti misma –contestó él, pensando en lo inocente que parecía cuando le temblaban los labios.

–Eres muy perceptivo.

–Soy escritor –dijo Jack, burlón–. Supuestamente, son gajes del oficio. Puede que no seamos los mejores en una fiesta, pero somos observadores. Y por eso creo que eres una chica de ciudad.

–¿Porque asusto a los caballos?

–Por ejemplo. Y por tu pálido rostro, es como si nunca te hubiera dado el sol –observó él, mirándola fijamente. No era una belleza y, sin embargo, había algo en ella que la hacía especial. ¿Eran sus ojos, que parecían una paleta de verdes? ¿O su aire reservado, tímido? Hoy en día las mujeres no se mostraban de ese modo–. Muy pálida –terminó, en voz baja.

De nuevo, Ashley sintió ese algo indescriptible

al mirarlo a los ojos. El chisporroteo de los troncos en la chimenea parecía envolverlos en un mundo privado donde las reglas normales no se aplicaban. Un mundo en el que su nuevo jefe podía estudiarla como si estuviera bajo un microscopio y ella lo aceptaba como si fuese algo normal.

Tuvo que aclararse la garganta para romper aquella especie de capullo en el que se sentía envuelta.

–¿En el... hospital te han dicho que estabas bien?

–¿Por qué, crees que estoy loco? ¿Crees que no estoy bien de la cabeza?

–Es la segunda vez que nos vemos, es demasiado pronto para hacer ese juicio sobre ti.

Jack rió entonces, echándose un poco hacia delante. De modo que tras esa expresión inocente había una persona capaz de ser sarcástica...

Ashley era capaz de contestar a sus preguntas con una sinceridad sorprendente. No era una ratita tímida como sugería su aspecto.

–Cuando hayas llegado a un veredicto sobre mi cordura, dímelo.

Ella esbozó una sonrisa.

–No creo que eso forme parte de mi trabajo.

–Tal vez no –asintió Jack, alargando la mano para echar un tronco en la chimenea–. ¿Qué te dijeron en la agencia sobre el trabajo?

Ashley tragó saliva. Jack Marchant era un hombre que exudaba virilidad; era como la fantasía de una mujer en carne y hueso. Entonces entendió por qué Julia, una señora de mediana edad, se había sofocado mientras le decía que era «formidable». Y tal vez el efecto que ejercía en las mujeres no se limitaba a las de mediana edad porque de repente también ella se sentía un poco sofocada.

–Me contaron que había escrito varias biografías de grandes hombres, sobre todo militares, y que mi trabajo consistiría en pasar al ordenador su último manuscrito.

–Está escrito en taquigrafía, espero que especificaran eso.

–Sí, lo sé.

–Prefiero escribir a mano... y no soy el único que lo hace. Creo que muchos escritores se niegan a usar un ordenador.

Ashley asintió con la cabeza. ¿Cómo sería su letra? ¿Tan tortuosa y retorcida como el proceso mental que parecía haber tras esos ojos oscuros?, se preguntó.

–Eso creo.

–¿Y te dijeron que era una novela?

–Sí.

–¿Has transcrito una novela alguna vez?

–Una de Hannah Minnock, a principios de año. Era profesora en el colegio en el que trabajaba y había escrito su primer libro, una novela para mujeres... ya sabe, cosas divertidas sobre relaciones y sobre el divorcio.

–¿Y eso se considera divertido últimamente?

–No, bueno... era ese tipo de historia. Yo no la estoy juzgando.

–Mi novela no es divertida.

–¿Cuál es el argumento?

Jack no contestó enseguida y Ashley vio que fruncía el ceño.

–Sobre mis años en el ejército.

–Ah, ya veo.

–¿De verdad? –él levantó una ceja, burlón–. ¿Y qué sabes de mi vida en el ejército?

–Sólo lo que he leído en los periódicos.

–¿Te asustas fácilmente? ¿Te da asco la sangre? –la retó él.

Como respuesta, el corazón de Ashley se aceleró. Una vez habría dicho que sí. Ella había conocido el miedo, el miedo de verdad, gracias a la cruel personalidad de una de sus madres de acogida, la sádica señora Fraser, que la encerró en un armario bajo la escalera durante toda una tarde, acusándola de algo de lo que Ashley, a los diez años, era totalmente inocente.

Nunca olvidaría esa experiencia: el polvo y las telarañas que rozaban su cara haciéndola pensar que en cualquier momento una araña le caería en la cabeza. Pero había sido la oscuridad lo que más la asustó. La oscuridad y la sensación de claustrofobia eran campo abonado para su fértil imaginación de niña, que veía fantasmas y monstruos, visiones de lúgubres cementerios que la llenaban de horror.

Cuando por fin se abrió la puerta, estaba tan frenética que todo le daba igual. Se había hecho sangre en los labios de mordérselos y su ropa estaba cubierta de sudor.

El médico le había dicho después que debía haber sufrido algún tipo de ataque, pero ella jamás olvidaría la expresión de horror de aquel hombre. Como si no pudiera creer lo que estaba viendo, como si tales cosas no pudieran ocurrir hoy en día. Pero ocurrían. Ashley no se hacía ninguna ilusión sobre eso. Los tiempos cambiaban, pero la naturaleza humana seguía siendo la misma.

Después de eso, los Servicios Sociales la habían enviado a otra casa de acogida casi inmediatamente, pero la señora Fraser, con su venenosa lengua, había convencido a esa familia de que era una niña problemática. Una mentirosa y una tramposa, les había dicho. Y Ashley había descubierto que si alguien creía que eras una mala persona estaría siempre esperando que lo fueras.

Como resultado, tuvo que aprender a controlar su carácter. Se había convertido en la reservada y tímida Ashley, que no respondía a provocaciones o amenazas. Pero si Jack Marchant quería averiguar si sabía lo que era el miedo iba a esperar en vano. Porque había cosas que era mejor olvidar...

–No, no me asusto fácilmente.

–¿De verdad? Sin embargo, me ha parecido notar un brillo de miedo en tus ojos ahora mismo.

Era un hombre muy perceptivo y demasiado inteligente como para aceptar una evasiva, pensó ella. Pero sólo era su jefe, nada más. Tenía ciertos derechos, pero ninguno en lo que se refería a su vida privada

–Todo el mundo tiene oscuros recuerdos, cosas que preferiría olvidar.

Esas palabras produjeron un cambio en él. Ashley vio el latido de su pulso en la sien y un breve rictus de angustia en su rostro. Era extraño ver a aquel hombre tan poderoso casi desesperado, pero el rictus desapareció tan rápidamente que tuvo que preguntarse si lo habría imaginado.

–Dejémonos de recuerdos –le dijo, con el tono de alguien que da por terminada una conversación–. Vamos a cenar –añadió, levantándose.

Era tan alto que la hacía sentir pequeña y frágil y, sin saber por qué, se le puso la piel de gallina al mirar su rostro.

Porque nunca la dura y enigmática expresión de un hombre le había parecido tan inquietante.

Capítulo 3

ASHLEY no pudo conciliar el sueño esa noche. Las ramas del árbol que golpeaban la ventana la mantenían despierta, pero también unas imágenes que parecían grabadas en su memoria. Imágenes de un pelo negro, teñido de rojo por el fuego de la chimenea. De un hombre alto y formidable. Y, sobre todo, de unos ojos fríos e inteligentes que parecían atravesarla como un seco golpe de viento.

Jack Marchant y ella habían cenado juntos, pero en cuanto la cena terminó él había desaparecido en la biblioteca. Ashley, sintiéndose sola y fuera de lugar en aquella enorme casa, había escapado a su habitación para darse un baño. Pero luego permaneció despierta e inquieta en la cama durante horas, preguntándose si sería feliz allí.

Y lo peor de todo era que no podía apartar de su mente la imagen de Jack Marchant. Jack montado a caballo, Jack con la camisa de seda, tan imponente y aristocrático frente a la chimenea, las

llamas creando extrañas sombras en sus facciones.

Jack, un piso por debajo de ella, en la cama.
¿Estaría desnudo bajo las sábanas, su poderoso
cuerpo agitado e intranquilo como ella?

Con las mejillas ardiendo por tan inadecuados
pensamientos, Ashley enterró la cara en la almohada.

Por fin se quedó dormida, pero despertó poco
después al oír un portazo y un sonido que al principio no reconoció.

El sonido de alguien paseando en el piso de
abajo.

Se sentó en la cama, intentando que sus ojos se
acostumbrasen a la oscuridad. ¿Jack Marchant sufría insomnio? ¿Pero quién si no estaría paseando
por la casa a esas horas si estaban solos allí?

¿Qué podría mantener despierto a un hombre
como él?

Después de eso le resultó imposible dormir y
se quedó en la cama, con los ojos abiertos hasta
que el anticuado sistema de calefacción empezó
a hacer crujir las cañerías. Y por fin, cuando los
primeros rayos de sol empezaron a asomar en el
horizonte, se levantó.

La habitación estaba helada y, a toda prisa, se
puso varias capas de ropa gruesa antes de aso-
marse a la escalera, aguzando el oído para ver si
Jack estaba ya levantado. Pero todo estaba en

completo silencio y, después de ponerse los zapatos, bajó a la cocina y salió al jardín, donde la esperaba un paisaje de cuento de hadas.

Todo estaba cubierto de rocío, transformando el gris páramo del día anterior en un campo enteramente blanco. Era como una vieja fotografía en blanco y negro.

Se quedó allí un momento, admirando el paisaje y pensando que parecía una postal navideña. Había algo tan puro en el rocío; era tan blanco como la nieve, pero mucho más delicado.

Y, de repente, experimentó una sensación de felicidad mientras caminaba por el sendero helado, disfrutando del aire fresco y pensando en lo silencioso que era aquel sitio comparado con la ciudad.

Entonces le pareció ver algo por el rabillo del ojo, un movimiento a un lado de la casa. Cuando se volvió, su corazón dio un vuelco porque allí, enmarcado por el dintel de una ventana gótica, como una estatua, estaba Jack Marchant. Absolutamente inmóvil, como si fuera parte de la propia casa y, sin embargo, incluso a esa distancia Ashley podía sentir el calor de sus ojos.

¿Habría ido a buscarla, dispuesto a trabajar?, se preguntó, dirigiéndose hacia la casa a toda prisa. Esperaba poder instalarse en la biblioteca antes de que él bajase, pero no tuvo suerte. Cuando entró en la cocina oyó el familiar pitido de una cafetera. Jack estaba allí, con una taza de café en la mano.

Ashley se quedó parada un momento, sorprendida por lo familiar de la escena y, sobre todo, por la turbadora imagen de Jack en vaqueros, con los pies descalzos.

Nunca había visto a un hombre por la mañana en tan íntima situación y la hacía sentir incómoda. Parecía haber algo indecente en que fuera descalzo...

–Buenos días –logró decir.

–Buenos días –replicó él, observando el rubor de sus mejillas y el pelo suelto. Tenía los labios húmedos, tal vez del rocío, y se preguntó cómo sería besarla–. ¿Siempre sales a dar un paseo por las mañanas?

–No, el último sitio en el que viví no era un lugar apropiado para ir a pasear. Pero es que me levanté temprano... –Ashley empezó a quitarse el chaquetón, pensando que parecía cansado. Su rostro mostraba marcas de fatiga y tenía ojeras.

–Siéntate –dijo él.

–Gracias.

Algo en su forma de mirarla la hacía sentir ridículamente débil y se alegró de poder sentarse en una de las sillas que rodeaban la mesa de roble.

–¿Has dormido bien?

Ashley vaciló. Podría mentirle y decir amablemente que sí, ¿pero para qué?

–No muy bien, no.

–¿Algo te mantuvo despierta?

Su tono era estudiadamente informal, pero Ashley veía una pregunta en sus ojos. Si le mentía, tal vez desconfiaría de ella a partir de ese momento. ¿Y no era la sinceridad más importante que nada?

–En realidad, escuché pasos en el piso de abajo y eso me mantuvo despierta.

El rostro de Jack se oscureció y Ashley pensó que tal vez no debería haber dicho nada. Pero un segundo después sonrió, mirándola con curiosidad.

–¿Temías que la casa estuviera encantada? ¿Que el atormentado espíritu de algún antepasado estuviera recorriendo los pasillos? –le preguntó, mientras le ofrecía una taza de café–. ¿Crees en los fantasmas, Ashley?

Ella negó con la cabeza. Era evidente que intentaba cambiar de tema y se preguntó por qué.

–No, no creo en los fantasmas.

Como un crupier, Jack empujó el azucarero en su dirección.

–¿O pensabas que era yo?

–Sabía que eras tú –dijo Ashley–. ¿Cómo no ibas a ser tú si estábamos solos en la casa?

Jack apretó los labios, preguntándose qué habría hecho al oír sus pasos. ¿Habría temido que entrase en su habitación por error?

Entonces, sin querer, imaginó su delgada figura en la cama y a sí mismo apartando el edredón para ver sus pechos, sus rosados pezones. Podía imaginar sus labios formando una pregunta mientras él buscaba consuelo entre sus brazos. Jack tragó saliva al imaginarse deslizando las manos por sus muslos...

¿Estaba perdiendo la cabeza?, se preguntó, sentándose abruptamente frente a ella para esconder su reacción física a esos pensamientos.

–¿Y tuviste miedo?

Ashley se encogió de hombros.

–Intento no tener miedo de nada.

Esa respuesta lo impresionó. En silencio, la observó mientras tomaba un sorbo de café, el pelo aún mojado del rocío, y pensó lo difícil que debía ser para ella estar allí. En un sitio que no conocía para trabajar con un extraño, sin saber lo que iba a encontrarse y teniendo que amoldarse a lo que se esperase de ella.

–¿Por qué una chica como tú acepta este tipo de trabajo?

La pregunta fue tan inesperada que Ashley no tenía preparada una respuesta. Podría decir que le gustaba la variedad en el trabajo, que quería tener la mayor cantidad posible de experiencias profesionales... pero la verdad era que de haber podido elegir no habría optado por un puesto que la alejaba de sus amigos, en un páramo al norte de Inglaterra en el mes de enero.

–Necesito el dinero.

Él hizo un gesto de sorpresa. La mayoría de la gente escondía esas cosas.

–¿Por qué?

Ashley se encogió de hombros. Tal vez no debería contarle la verdad, pero intuía que Jack Marchant era un hombre al que no podría engañar con excusas.

–Tengo deudas.

–Vaya –murmuró él–. ¿Deudas importantes?

–Lo suficiente.

–Ya veo –pensativo, Jack tomó un sorbo de café–. ¿Y qué ha provocado esas deudas, alguna extravagancia o una necesidad?

Esta vez Ashley eligió bien sus palabras. ¿Qué sabría Jack Marchant sobre las realidades de la vida de una persona como ella? Muchas personas tenían deudas, pero la mayoría contaban con una familia que podrían ayudarlos si estaban desesperados. Ella, sin embargo, nunca había tenido a nadie.

–Necesidad –dijo por fin–. Demasiadas facturas al mismo tiempo y un par de pagos inesperados a los que no puedo hacer frente.

–Ya veo –asintió Jack.

–No me refiero a zapatos o vestidos de diseño. Y no he ido a un lugar exótico a pasar las vacaciones.

–No, ya imagino.

A juzgar por la ropa que llevaba, Ashley no era dada a extravagancias. Se preguntó entonces, sintiendo una oleada de compasión, cómo sería tener que vivir contando el dinero, sin tener unos padres que la ayudasen en un momento de apuro, alguien a quien pedir ayuda.

–Trabajando aquí podrás ahorrar algo de dinero. No se puede gastar en medio del páramo.

–No, claro –dijo ella, un poco sorprendida por su actitud. Jack Marchant era un hombre rico que nunca había tenido que preocuparse por pagar facturas, pero no estaba juzgándola. De hecho, la miraba con expresión amable, como si la entendiera.

Jack se dio cuenta de que se ponía colorada y disimuló un suspiro de irritación. Lo que no necesitaba era que se portase como una cría, ruborizándose ante cualquier comentario y llamando la atención hacia el hecho de que era joven y firme, de que le temblaban los labios. ¿Y no hacía la naturaleza temblar los labios de una mujer joven para que un hombre se preguntara cómo sería besarlos?

–Puedes desayunar lo que quieras –le dijo a toda prisa–. Cuando termines, empezaremos a trabajar en el estudio, ¿de acuerdo?

–De acuerdo –asintió ella, siguiéndolo con los ojos mientras salía de la cocina.

Cuando terminó de comer unas tostadas con mermelada, guardó los platos en el lavavajillas y subió a su habitación para arreglarse un poco.

Ella no había sido presumida en su vida, pero aquel día se quedó delante del espejo unos minutos más de lo normal, tal vez para ver qué había visto Jack. Y sin querer preguntarse por qué.

Sería fácil criticar su rostro, como había hecho tanta gente... sobre todo sus madres de acogida. Esas mujeres que buscaban una muñeca a la que lucir delante de sus amistades habían sido las peores. Las niñas debían ser monas y encantadoras y Ashley nunca había sido nada de eso. Su piel era demasiado pálida y su boca demasiado grande. Sí, tenía el pelo fuerte y espeso, pero sujetárselo en una trenza le daba un aspecto severo. Sin la menor duda, los ojos eran su mejor rasgo, grandes y verdes, y aquella mañana más brillantes de lo habitual.

¿Sería porque había tomado café con un hombre guapísimo que se mostraba inesperadamente amable? Eso decía muy poco de ella, pensó. Claro que no tenía costumbre de hablar con hombres tan atractivos y tal vez estaba haciéndose ilusiones...

Jack Marchant no la miraba de otra forma porque supiera que tenía deudas, pero no iba a volver a pensar en ella. No estaba interesado en ella, de modo que haría lo que le pagaban por hacer y se dejaría de fantasías.

Unos minutos después bajaba al estudio, que Jack le había enseñado por la noche. Y, afortunadamente, él no había bajado aún. No era una oficina normal sino una habitación muy limpia y ordenada, sin fotos, plantas, medallas o diplomas, sólo estanterías con libros en todas las paredes, sobre todo biografías y libros de Historia. Aparte de eso no había ninguna otra evidencia de su pasado o de su presente. Decían que uno podía adivinar la personalidad de alguien por su entorno, pero si era así Jack Marchant podría ser clasificado como un enigma.

De hecho, lo único que llamaba la atención en el estudio era un armario de madera de cerezo en una esquina. Tenía incrustaciones de madreperla y era tan precioso que se preguntó por qué lo tendría allí, medio escondido.

Ashley pasó los dedos por la suave madera y, sin pensar, abrió el primer cajón. Dentro había un pañuelo de mujer de color azul... y eso era lo último que hubiera esperado encontrar allí. Bordado con hilo de oro, le recordaba un cielo azul, limpio y sin nubes. ¿De quién sería aquel pañuelo?, se preguntó.

En ese momento oyó unos pasos que anunciaban la llegada de Jack y cerró el cajón a toda prisa.

Él arrugó el ceño mientras cerraba la puerta.

—¿Qué estabas haciendo?

Ashley era una persona honesta, pero también era intuitiva y, sobre todo, valoraba demasiado el sueldo que iba a pagarle como para arriesgar su puesto de trabajo.

–Nada. Mirando alrededor e intentando orientarme. Estoy dispuesta a trabajar cuando tú me digas.

Por un momento, los ojos negros permanecieron fijos en ella. La amabilidad que había mostrado en la cocina se había evaporado por completo.

–Por cierto, has firmado un acuerdo de confidencialidad, ¿verdad, Ashley?

No era raro pedir ese tipo de acuerdo, pero en aquel caso parecía enfatizar que ella no era más que una subordinada.

–Sí, claro –respondió.

Y, sin embargo, la pregunta le dolió más de lo que debería.

Capítulo 4

JACK no volvió a decir nada sobre el acuerdo de confidencialidad y Ashley no mencionó el precioso pañuelo azul que había visto en el cajón. No era asunto suyo y, además, había algo en la expresión de Jack Marchant que parecía desanimar cualquier pregunta personal.

No entendía la complejidad de sus sentimientos por él y el desconcierto que eso le provocaba. ¿Por qué le parecía tan fascinante?

Cada vez que entraba en una habitación, fuera en vaqueros o con un atuendo más formal, era incapaz de apartar los ojos de él y, sin darse cuenta, se encontraba admirando su perfil mientras leía...

A veces, Jack levantaba repentinamente la cabeza y la encontraba observándolo. Y, por supuesto, Ashley tenía que apartar la mirada, con las mejillas ardiendo, temiendo que sus ojos la delatasen.

Pero a veces, cuando estaba cerca, le costaba respirar.

¿Por qué reaccionaba de ese modo ante un

hombre que nunca podría ser más que su jefe y que probablemente la vería como veía a Christine, el ama de llaves, o las limpiadoras que iban un par de veces por semana para mantener la casa en orden?

Se quedaría horrorizado si supiera que permanecía despierta durante horas, a veces alertada por el sonido de sus pasos en el corredor, preguntándose cómo sería hacer el amor con un hombre como Jack Marchant.

Una mañana, él se detuvo delante de su mesa.

«No reacciones», se dijo a sí misma. «No dejes que vea que te interesa como hombre».

–Buenos días, Jack.

–Buenos días, Ashley.

–¿Querías algo?

Claro que quería algo, pensó él. Se preguntó si Ashley sabría lo que se le pasaba por la cabeza cada vez que la miraba e intentó imaginar su horror si alguna vez se lo hiciera ver. Pensamientos que empezaban con un beso y terminaban con él haciéndola suya y viendo cómo esa sonrisa se disolvía en una mueca de placer. Unos pensamientos eróticos y absurdos que no debería albergar sobre su secretaria. En ninguna circunstancia, pero especialmente en sus circunstancias particulares.

Y el asunto empeoraba por la actitud de Ashley hacia él.

Jack dejó escapar un suspiro. Era la mujer menos provocativa que había conocido nunca y, en consecuencia, no sabía cómo lidiar con ella.

Si pestañease coquetamente o llevase ropa ajustada, tratar con ella habría sido muy fácil. Él conocía a muchas mujeres así y sabía cómo lidiar con su voracidad sexual. El problema era que se sentía desconcertado con alguien tan dulce.

Sin embargo, Jack no era tonto y tampoco era particularmente modesto. Detectaba el deseo cuando lo veía y lo había visto en los ojos verdes de Ashley en más de una ocasión. Ella hacía todo lo posible por esconder sus sentimientos, pero eso sólo hacía que la deseara más. Su pudor y la distancia que intentaba poner entre ellos lo excitaba como nada lo había excitado nunca.

–Quería saber cómo iba todo.

–¿Cómo? –preguntó ella, confusa–. ¿La novela quieres decir?

–No, no me refiero a eso. Ya sé que estás haciendo progresos –Jack señaló la montaña de papeles sobre su mesa–. Me refería a tu vida aquí, tu salario y ese tipo de cosas.

Ashley tuvo que disimular una sonrisa. Lo decía como si estuviera preguntándole a su batallón qué tal las raciones.

–Estoy bien, mejor que bien.

–¿No te aburres?

–Yo nunca me aburro.

–Me alegro mucho de oírlo. Siempre he pensado que el aburrimiento demuestra falta de imaginación –Jack miró sus ojos, tan brillantes y verdes como un prado en primavera–. ¿No tienes quejas sobre el trato?

¿Quejas? No, no tenía quejas, más bien frustraciones, una larga letanía de ellas, pero todas menores. Además, no podía contárselas a él precisamente porque no había un tribunal en el mundo que aceptase la queja de que un jefe era demasiado sexy.

Como ocurría en todos los trabajos, rápidamente se convirtió en una rutina. Se acostumbró a la casa, a que alguien cocinase por ella, a que le cambiaran las sábanas y dejasen flores frescas en un jarroncito.

Como se acostumbró al paisaje que se veía desde su ventana y a atrabajar para un rico hacendado. Pero trabajar para Jack era diferente a todo lo que había hecho hasta entonces porque nunca antes se había sentido atraída por uno de sus jefes.

Era muy poco profesional y Ashley intentaba siempre ser profesional, pero no era fácil porque tenía que estar con él todos los días.

Y Jack Marchant tentaría a una santa.

No era sólo su impresionante físico, entrenado durante años en el ejército, ni su atractivo rostro. No, decidió Ashley, era todo en él. Su sentido del humor, su inteligencia o que fuera tan comprensivo, como el día que le habló de sus problemas económicos.

Sin embargo, sospechaba que había una faceta

que mantenía escondida y eso era lo que lo convertía en un enigma. Un enigma que la inquietaba.

Porque le ocurría algo, estaba segura. ¿Por qué si no lo oiría pasear por las noches, insomne?

Se quedaba horas escuchándolo, intentando imaginar qué provocaba esos paseos. ¿Sabría él que la despertaba, que anhelaba consolarlo?

Pero el tema no había vuelto a salir y no era algo que pudiera sacar mientras tomaban un café.

A veces Jack comía con ella y otras comía sola, disfrutando de los deliciosos platos que preparaba Christine y que le servía en una habitación llamada «la habitación del jardín».

A Jack le gustaba trabajar desde muy temprano, pero tenía un par de horas libres después de comer y volvían a trabajar a partir de las cinco hasta la hora de la cena.

Después de comer, Jack salía a dar un paseo a caballo y Ashley paseaba por la finca, disfrutando como nunca del aspecto salvaje del páramo y de la belleza que la rodeaba. ¿Sería influencia de Jack?, se preguntaba. Era como si aquel hombre hubiera despertado sus sentidos.

Pero un día volvió con gesto contrariado y Ashley lo vio servirse un vaso de vino, aunque él nunca bebía a la hora de comer.

—¿Ocurre algo? —le preguntó.

—Hoy no puedo salir a galopar.

—¿Por qué?

–Nero está enfermo.

–Ah, vaya. Espero que no sea nada grave.

–No, no lo es –él sacudió la cabeza, impaciente–. El veterinario le ha puesto una inyección y le ha dicho al mozo que lo mantenga abrigado. Se supone que debe descansar durante unos días.

–Entonces no es nada importante –dijo Ashley–. Pronto volverá a estar bien y tú podrás salir a cabalgar.

–Sí, lo sé –Jack dejó el vaso sobre la mesa.

Pero era frustrante. Todo era frustrante. Le encantaba montar a caballo, disfrutar de la sensación de libertad y poder que le daba galopar por el camino. Y sabía que era algo más que el amor por esos paseos lo que hacía que últimamente fuesen más largos, más enérgicos. Sabía que estaba usando el ejercicio para sublimar el deseo que sentía por Ashley. Un deseo que era tan inapropiado como prohibido.

¿Cómo era posible que aquella chica sin artificios, aquella cría, invadiera sus pensamientos día y noche? ¿Cómo era posible que no pudiera apartar sus ojos de ella? ¿Estaría equivocado sobre su inocencia? ¿Sabría tal vez que lo volvía loco de deseo?

Ashley se asustó al ver que la miraba casi como si estuviera furioso con ella.

–Podemos seguir trabajando si quieres. La historia está en un momento muy interesante, pero hay muchas correcciones y seguramente sería me-

jor que contrastase contigo mientras lo paso al ordenador.

–No –dijo él–. No tienes que hacerlo. Estoy
harto de ese maldito libro, además. Has trabajado
toda la mañana y mereces un descanso.

–Pero...

–Yo necesito un poco de aire fresco y tú también. Vamos a dar un paseo.

–¿Un paseo?

–No pongas esa cara. Tú sales a dar un paseo
todos los días, ¿no?

–Sí, claro –Ashley lo miró con cara de sorpresa.

–Ve a buscar tu abrigo.

Mientras se ponía el abrigo, Ashley se preguntó por qué querría salir con ella a pasear. ¿Y
por qué estaba de tan mal humor?

Jack la esperaba en el jardín, bajo un roble que,
él mismo le había contado, tenía más de un siglo,
sus ramas largas y retorcidas como brazos. Y, sin
embargo, él era más impresionante que el magnífico árbol, como si la naturaleza hubiera decidido
mostrar dos de sus mejores especímenes.

–¿Dónde quieres ir?

–Me da igual –contestó Ashley, metiendo las
manos en los bolsillos del abrigo–. ¿Tú tienes algún sitio favorito?

–Por supuesto que sí, pero quiero saber cuál es
el tuyo.

Ashley levantó la cara para mirar las nubes, envidiando la libertad de flotar por encima del mundo sin problemas.

–Creo que me gustaría subir esa colina, detrás de la casa, desde allí se ve un paisaje precioso.

–Lo conozco bien –dijo él.

El suelo, empapado aún del rocío de la mañana, se hundía bajo sus pies y hacía que caminar no fuera tan sencillo como siempre. Ella tenía costumbre de caminar, pero estaba casi sin aliento cuando por fin llegaron a la cima de la colina. Tal vez porque las piernas de Jack eran mucho más largas y había tenido que seguir su paso.

Resultaba extraño estar a solas con él allí, pensó. La hacía sentir como si fueran una pareja, como si hubiera nacido para pasear con aquel hombre, para ver ese taciturno perfil recortado contra el agreste paisaje.

Pero sólo estaban allí porque su caballo se había puesto enfermo, no había nada más.

Se sentía tan pequeña y frágil a su lado... tal vez por eso soñaba que la tomaba entre sus brazos y la besaba apasionadamente.

¿Por qué pensaba esas cosas? ¿Por qué se arriesgaba a hacer el ridículo? ¿Una huérfana ilegítima y desposeída con un hombre como él?

Haciendo un esfuerzo, Ashley concentró su atención en el paisaje. Desde allí podía ver la casa y el páramo hasta donde se perdía la vista. Y siempre le parecía impresionante.

¿Aquel paisaje seco y oscuro lo habría convertido en el hombre que era?, se preguntó. Un hombre del que apenas sabía nada a pesar de la forzosa proximidad.

—¿Siempre has vivido aquí? —le preguntó.

—Hasta que me fui al colegio y luego a la universidad. Y después estuve en el ejército, ya lo sabes.

—No debió ser fácil, ¿verdad? Bueno, ya sé que la vida militar no es fácil, pero no sabía hasta qué punto hasta que empecé a leer tu libro.

—Es una novela, Ashley.

—Ya lo sé, pero es autobiográfica, ¿no?

—Hasta cierto punto.

—Y ese capítulo, cuando el oficial está en el desierto y sale del coche... —Ashley no terminó la frase, pero no hacía falta.

La atronadora explosión de una bomba, la sordera temporal y los sentidos volviendo cuando uno no quería recuperarlos. El olor de la carne quemada, los gemidos de los moribundos y la masacre a su alrededor.

—Ese hombre eres tú, ¿verdad?

—¿Por qué quieres saberlo? ¿Es importante?

Ashley notó la dureza de su tono y deseó no haber preguntado.

—No, no lo es.

–Mi pasado es irrelevante. El pasado de todo el mundo lo es. Este momento, el presente, es lo único que tenemos y no tiene sentido recordar porque no podemos cambiar nada, hay que vivir con ello.

–Sí, claro –asintió ella. Eso era algo que entendía bien porque se volvería loca si recordase los peores momentos de su infancia–. Tienes razón.

Qué serena sonaba su voz, pensó él. Era como un bálsamo para su torturado espíritu. Jack la miró a los ojos y su corazón dio un vuelco.

–¿Sabes que tus facciones hacen juego con este paisaje?

–¿Por qué lo dices?

–Tu piel es tan pálida como la nieve y tu pelo del color de la tierra.

Ashley lo miró para ver si estaba riéndose de ella, pero Jack parecía muy serio, intenso, lleno de vida. En ese momento le pareció la persona más atractiva del mundo.

Y no estaba imaginándolo, la tensión, el deseo era tan palpable que casi podría tocarlo.

Durante un segundo se permitió a sí misma la fantasía que había tenido una y otra vez desde que lo conoció: Jack tomándola entre sus brazos, aplastándola contra su pecho. Jack inclinando la cabeza para buscar sus labios, esos ojos negros brillantes enviando un evocador mensaje antes de apoderarse de su boca.

Con fiera determinación, Ashley borró esa

imagen de su mente. Jack Marchant era su jefe y ella necesitaba aquel trabajo. Tanto como para no ponerlo en peligro por nada del mundo.

–Será mejor que... volvamos –le dijo, después de carraspear para aclararse la garganta.

–¿Por qué?

–Porque...

–¿Por esto? –de repente, Jack la tomó entre sus brazos–. ¿Por esto que sentimos y que no desaparece aunque queramos?

–¡Jack!

–¿Qué?

Lo único que podía ver era un brillo de dolor en sus ojos y pensó: «un hombre no debería tener esa expresión cuando besa a una mujer».

–Jack, no debemos...

–Yo creó que sí –la interrumpió él, empujado por algo más fuerte que la razón o el frenético clamor de su conciencia–. Porque me voy a volver loco si no lo hago.

El instinto le decía que se apartase, pero Ashley no podía hacerlo. Porque para entonces era demasiado tarde. Para entonces estaba apretada contra su torso y Jack tomaba su cara entre las manos, mirándola como un hombre que hubiera visto una torturada imagen de su futuro.

Y entonces, como en sus fantasías prohibidas, Jack Marchant inclinó la cabeza y empezó a besarla.

Capítulo 5

LOS LABIOS de Jack aplastaron los de Ashley, el beso apasionado y ardiente. Y su gemido ronco de placer despertó uno de ella como respuesta. Sin pensar, Ashley puso las manos sobre sus hombros, como si temiera caer al suelo si no se sujetaba.

Era algo tan íntimo, tan sorprendente. La lengua de Jack dentro de su boca, Jack apretándola contra su cuerpo, las caderas masculinas presionando las suyas con evidente deseo.

Devoraba su boca sin contención, como un hombre que necesitase beber después de atravesar el desierto. Enredaba los dedos en su pelo, tirando sin querer las horquillas mientras Ashley temblaba entre sus brazos. Se le doblaban las piernas y experimentaba un calor extraño que la hacía sentir tensa y relajada al mismo tiempo. Como un muelle que estuviera a punto de saltar.

A pesar de las capas de ropa que llevaba, notaba el creciente deseo entre sus piernas. Eso debería haberla asustado, y en cierto modo así era, pero le parecía como si llevara toda su vida esperando aquel momento.

–Ashley –musitó Jack. Y ella dejó escapar un gemido de placer.

–Jack... Jack –repitió, como para comprobar que no estaba soñando.

–Sí, estoy aquí.

Él desabrochó su abrigo y cuando empezó a acariciar sus pechos por encima del jersey Ashley dio un respingo de sorpresa y placer ante tan inesperada intimidad. A pesar de la gruesa lana del jersey, sentía casi como si no llevara nada, tan susceptible era su piel a las caricias de Jack.

Y cuando metió la mano por debajo del jersey para acariciarla por encima del sujetador, los sentidos de Ashley clamaban para que apartase esa última barrera. Podía sentir sus pezones erectos rozando la tela, como si de repente el sujetador se hubiera vuelto dos tallas más pequeño.

–Jack...

–¿Te gusta? –susurró él.

–Sí, me gusta –nunca había sentido algo así, nunca un hombre la había tocado de ese modo y durante unos segundos disfrutó de esa sensación nueva. Pero el deseo se convertía en una espiral que no podía controlar–. Por favor... –se oyó murmurar a sí misma, como si alguien hubiera puesto esas dos palabras en su boca–. No pares, Jack.

–Encantado –dijo él.

No, era ella quien estaba encantada. Jamás habría pensado que podría sentir algo así, como si estuviera ardiendo y sólo Jack pudiera extinguir ese fuego.

Hasta que la realidad la golpeó como una tonelada de ladrillos.

¡Estaba en medio del páramo, dejando que su jefe le hiciera el amor!

Jadeando, se apartó de sus brazos para mirarlo a los ojos, pero allí la esperaba otra sorpresa porque aquél era un Jack Marchant al que no había visto nunca. Con los ojos brillantes y las facciones ensombrecidas, parecía el propio demonio. Aquél no era su orgulloso y aristocrático jefe sino un extraño excitado al que no reconocía.

Nerviosa, tiró de su jersey con manos temblorosas.

–¿Qué... qué estás haciendo?

–Por favor, no te hagas la inocente –dijo él, sarcástico–. Esto tenía que ocurrir tarde o temprano, los dos los sabemos. Y, por favor, no me digas que tú no lo deseabas tanto como yo. No soporto la hipocresía

Ashley lo miró, avergonzada. ¿Cómo iba a contradecirlo si estaba diciendo la verdad? Llevaban semanas intercambiando miraditas y no podía negar que lo deseaba. Pero le había sorprendido que él la deseara de la misma forma.

Desconcertada, se dejó llevar por el instinto de

escapar y, sin decir una palabra, salió corriendo, con las mejillas ardiendo de vergüenza.

–¡Ashley!

Oyó que la llamaba, pero no se detuvo y, una vez en la casa, subió a su habitación. Cuando se miró al espejo se quedó atónita al ver el jersey arrugado, recordando las manos de Jack...

Cerró los ojos y tragó saliva al recordar la oleada de placer que había sentido cuando la acarició. Y esa sensación de felicidad mientras se besaban.

Sin embargo, la imagen del espejo parecía reírse de ella. Tenía las mejillas ardiendo, el pelo alborotado. Y si ese beso había convertido a Jack en un hombre al que no conocía, ¿no podría decirse lo mismo de ella? ¿Era Ashley Jones la mujer que estaba frente al espejo?

Angustiada, intentó ponerlo en perspectiva. Ella era cauta con los hombres, pero no era una puritana. Sabía que el sexo era parte de la vida y mucho tiempo atrás había decidido que iba a esperar el amor, si tal cosa existía.

Pero la verdad era que nunca había sentido la tentación de acostarse con nadie. Nunca. Y entonces, de repente, aparecía esa llamarada de deseo que parecía consumirla.

Pero no podía ser. Jack era su jefe, un aristócrata, un hombre rico. Los hombres ricos no tenían relaciones con chicas de dieciocho años que habían pasado su vida acogidas por el Estado. A menos que fueran guapísimas, claro. Y entonces podrían querer acostarse con ellas, tener una aventura, pero nada más.

Estaba poniendo su trabajo en peligro, se recordó a sí misma, un trabajo que necesitaba urgentemente.

«Pero te ha gustado, ¿verdad?. Te ha gustado mucho y, a pesar de todo lo que te dices a ti misma, has capitulado enseguida».

«Tal vez te pareces más a tu madre de lo que quieres creer».

Con manos temblorosas, Ashley intentó arreglarse el pelo. ¡No, ella no era como su madre!

Entonces, horrorizada, oyó un golpecito en la puerta. Y sólo podía ser una persona.

−¿Ashley?

Ella se mordió los labios, sin saber qué hacer.

−¡Sé que estás ahí! −gritó Jack−. ¿Vas a abrir o no?

Con el corazón desbocado, Ashley miró la barrera de madera entre los dos.

−¿Y si no abro?

−Entonces me voy a enfadar de verdad.

Ashley dudaba que pudiera enfadarse más. ¿Y qué otra cosa podía hacer más que abrir la puerta? No podía quedarse encerrada allí para siempre, como una princesa en su torre. Tarde o temprano tendría que hablar con él, de modo que, por fin, abrió.

Jack estaba al otro lado, sus ojos negros enviando conflictivos mensajes: furia, irritación. Pero ella no era tonta y sólo una tonta habría negado el brillo de deseo que veía en ellos.

–¿Por qué has salido huyendo como una damisela asustada?

–¿No es evidente?

–No, no lo es. ¿Tan horrible ha sido, Ashley? ¿Te repugno tanto que tienes que salir corriendo?

Ella bajó la mirada, temiendo que viese el anhelo en sus ojos.

–Tú sabes que no –respondió por fin.

–Sí, lo sé –la frustración hacía hervir su sangre y tuvo que hacer un esfuerzo sobrehumano para no tomarla entre sus brazos y borrar esa expresión asustada de su rostro–. ¿Por qué has salido corriendo? ¿Temías que fuese a tomarte por la fuerza?

–No, claro que no. Pero los dos sabemos que está mal.

Jack sacudió la cabeza, perplejo. ¿Cómo se atrevía a decirle lo que estaba bien o mal?

Pero la ironía era que estaba diciendo la verdad y tal vez debería hacerle caso, darse la vuelta y alejarse de allí mientras le fuera posible. Antes de hacer algo que lamentaría después.

El sentido común le decía que debía marcharse, pero el canto de sirena del cuerpo de Ashley era más fuerte.

–¿Por qué está mal?

–Porque... porque trabajo para ti. Por quién soy yo y quién eres tú. Pertenecemos a mundos diferentes, Jack. Pero tú eres un hombre inteligente, no necesitas que te lo explique.

–Te sientes inhibida por anticuadas ideas sobre el estatus social, ¿es eso? Sobre tu sitio y el mío en la sociedad. Me decepcionas, Ashley.

–Pero es la verdad y tú lo sabes.

–¿Lo es? Y aunque lo fuera, no te estaba proponiendo que pasaras el resto de tu vida conmigo –dijo él entonces, cortante–. Sólo pensé que podríamos disfrutar de algo que los dos deseamos desde el primer día.

Fue lo mejor que podía haber dicho, aunque resultase hiriente. Porque reforzaba lo que Ashley había sospechado: que para Jack sólo era una empleada, un objeto. Como una botella de vino o una nueva camisa, algo que usaría y descartaría cuando se cansase de ella. ¿Y qué pasaría entonces? Tal vez Jack se sentiría disgustado consigo mismo. Tal vez ni siquiera le daría referencias y eso pondría en peligro futuros empleos.

No, no podía arriesgarse.

–¿No has oído eso de que no se deben mezclar los negocios con el placer? –replicó Ashley, su arrogancia dándole fuerzas para defenderse–. Porque resulta que es verdad. Y no puede volver a ocurrir.

Jack vio la determinación en sus pálidas facciones. La tímida Ashley Jones, que un minuto antes se derretía entre sus brazos, estaba diciéndole que no había nada que hacer. ¿Creía que iba a intentar convencerla? ¿Que iba a tomarla entre sus brazos para suplicarle que se lo pensara mejor? Pues iba a llevarse una desilusión.

–Muy bien –asintió–. Si eso es lo que quieres, no volverá a ocurrir.

Después de decir eso se dio la vuelta y Ashley se quedó mirándolo, con lágrimas en los ojos, mientras desaparecía por el pasillo.

Luego, angustiada, se dejó caer sobre la cama y enterró la cara entre las manos, preguntándose cómo podía haber dejado escapar al único hombre al que había deseado en toda su vida.

Porque era lo que debía hacer, se dijo. Lo único que podía hacer. Y si iba a seguir trabajando para Jack, los dos tendrían que olvidar que había ocurrido.

Tuvo que armarse de valor para enfrentarse con él de nuevo, pero no estaba en el estudio. De hecho, no había ni rastro de Jack en toda la casa. Sólo un desconsolado Casey olisqueando por las esquinas, tan perdido como siempre que su amo lo dejaba solo.

Y cuando Christine llegó unas horas después, con las bolsas de la compra, no preguntó dónde estaba Jack.

–¿Has hablado hoy con el señor Marchant? –le

preguntó Ashley, intentando mostrarse despreo-
cupada.

Christine asintió con la cabeza mientras guar-
daba un cartón de zumo de naranja en la nevera.

–Sí, me llamó antes de irse a Londres.

–¿A Londres?

–¿No te lo ha dicho? Llevaba mucho tiempo
sin ir por allí, lo cual es muy raro –le confió el
ama de llaves–. No había vuelto desde que lle-
gaste tú, ahora que lo pienso.

Ashley hizo todo lo posible por disimular su
sorpresa. No le dolía que se hubiera ido a Londres
sino saber que Jack tenía otra vida de la que ella
no sabía nada.

Pero por supuesto que la tenía. ¿Qué había pensado, que estaba siempre allí, aislado del mundo,
esperando que alguien como ella apareciese en su
vida?

Jack era un hombre joven con dinero y contactos. Un hombre que seguramente tendría amigos
en todas partes. Por supuesto que tenía otra vida.

Ashley intentó concentrarse en la trascripción
de la novela, pero el trabajo que antes le parecía
tan emocionante se había convertido en una tortura y no había que ser un genio para saber por
qué.

Echaba de menos a Jack. Echaba de menos sus
conversaciones mientras tomaban un café por la
mañana, o cómo él levantaba a veces la mirada y

sus ojos oscuros se clavaban en ella como rayos láser.

Y echaba de menos que estuviese pendiente de ella, como si pensara que era alguien especial. Las comidas eran aburridas sin él y se sentía como una impostora, como si no tuviera una razón legítima para estar allí. Y la casa le parecía vacía, como si hubiera perdido su corazón y su alma.

Tal vez por eso empezó a preguntarse si Jack tendría razón y era una hipócrita. Porque había querido besarlo y, sin embargo, después lo había negado. Incluso ante sí misma. Había respondido con la pasión de una mujer para luego salir corriendo como una niña. ¿Tanto miedo tenía de sus propios sentimientos que no se atrevía a arriesgarse o era temor a que Jack le hiciese daño?

Lo añoraba más de lo que hubiera creído posible y no pasaba un minuto sin que pensara en él, pero no podía hacer nada más que esperar.

Una mañana, encontró a Christine muy ocupada en la cocina.

—No sabía que vendrías hoy. Creí que no te tocaba.

—No me tocaba, pero el señor Marchant ha decidido volver este fin de semana.

El corazón de Ashley se aceleró de inmediato. Jack volvía a casa. Entraría en el estudio cada mañana, como antes, mirándola con esos ojos oscuros e inteligentes. Una vez más, pasarían el día juntos.

Y si volvía a besarla... ¿sería el fin del mundo? ¿Y si se dejaba llevar, como harían tantas otras mujeres? ¿Sería tan malo, sintiendo lo que sentía por él? Tal vez había llegado el momento de dejar de actuar como una cría y portarse como una mujer.

Ashley se encontró sonriendo como una idiota.

–Ah, qué bien –consiguió decir.

–¿Bien? –repitió Christine, haciendo una mueca–. De repente anuncia que viene con gente y apenas me da tiempo para llenar la nevera.

–¿Con gente? –repitió Ashley–. ¿Qué gente?

–Unos amigos suyos, imagino –el ama de llaves se encogió de hombros–. Esos amigos tan elegantes para los que es una pesadilla cocinar. No toman leche, no comen huevos... nunca he visto una cosa más absurda. Y seguramente vendrá esa tal Nicole.

El corazón de Ashley empezó a latir con tal fuerza que le hacía daño en las costillas.

–¿Ah, sí?

–Yo creo que debería lidiar con otros compromisos y otras prioridades en casa antes de irse a Londres a pasarlo bien con esas mujeres –rezongó Christine.

Pero ella apenas la escuchaba. Vagamente, se preguntó qué habría querido decir con eso de los «compromisos y las prioridades», pero había cosas más importantes en su cabeza. Esas «muje-res» de las que había hablado

¿Y quién era Nicole?

Ashley sacudió la cabeza. Qué tonta era, pensó. Ese beso en la colina no había significado nada en absoluto. Sólo había sido una diversión para Jack, aburrido en Blackwood. Ni siquiera la había llamado desde que se marchó a Londres y no se había molestado en decirle que volvía a casa.

Y que no volvía solo.

Capítulo 6

ASHLEY dejó de teclear al oír el ruido de una puerta. Y cuando miró el reloj se sorprendió al ver que eran más de las seis.

Jack había vuelto por fin, llevando a sus amigos con él.

Enseguida oyó pasos y risas... alguna de ellas femenina. De modo que Christine estaba en lo cierto, pensó, sintiendo una oleada de náuseas. Se quedó inmóvil como una estatua, rezando para que no entrasen en el estudio antes de que pudiera subir a su habitación.

Entonces oyó el repiqueteo de unos tacones en la escalera. Seguramente los invitados subirían a sus habitaciones para cambiarse de ropa antes de la cena; la cena que Christine llevaba todo el día preparando.

Pero la puerta se abrió en ese momento y el corazón de Ashley empezó a latir con tal fuerza que casi no podía respirar.

Jack.

Sólo había pasado una semana desde que se marchó de Blackwood y, sin embargo, le parecía como si llevara un año sin verlo. Vestido de negro, con un pantalón vaquero y un jersey de cuello vuelto, su alta figura era tan imponente como siempre. Su expresión indescifrable mientras cerraba la puerta del estudio.

Esos días sin verlo hacían que su rostro le pareciese poco familiar y Ashley lo estudió de manera objetiva, como si fuera la primera vez que se veían. Tenía sombras bajo los ojos y una expresión tensa, cansada.

Querría abrazarlo, querría que la besara.

–Hola, Ashley.

–Hola, Jack. Me alegro de verte.

–Veo que hoy trabajas hasta muy tarde –dijo él, después de una pausa.

–Son poco más de las seis –respondió ella, intentando mostrarse alegre–. Y tengo mucho trabajo porque has hecho muchos cambios en los últimos capítulos, los de la emboscada en el campo enemigo.

–Ah, qué diligente –dijo él, burlón.

–Para eso me pagas, ¿no?

–Sí, claro –otra pausa–. Se me había olvidado.

Ashley intentó esconder tras una sonrisa que se sentía herida, aunque notaba que tenía la cara colorada. Le gustaría estar en cualquier otro sitio, a miles de kilómetros de esa mirada oscura.

Pero tenía que demostrarle que no le importaba que hubiera olvidado los besos. Y no iba a mencionarlos nunca más. Habían recuperado la relación jefe-empleada, como debía ser. Jack había estado a punto de seducirla en la colina y ella había escapado por suerte. Evidentemente, había otras mujeres en su vida y no le daría la satisfacción de demostrar que eso le dolía.

–¿Lo has pasado bien en Londres? –le preguntó.

Él emitió un bufido de impaciencia, atónito al darse cuenta de que su deseo por Ashley no había disminuido a pesar de su determinación de alejarse de ella. A pesar de que Ashley hubiera huido de él y de que, en el fondo, se dijera a sí mismo que había sido lo mejor para todos.

Pero saber todo eso no calmaba los latidos de su corazón o la repentina punzada de deseo que experimentaba al tenerla tan cerca. Jack miró esas pestañas sin rímel, esos labios sin carmín...

–Estás pálida.

–¿Ah, sí?

–Muy pálida. ¿Te encuentras bien?

Ashley tuvo que controlar el deseo de decirle que no estaba bien. Se había marchado a Londres como si ella no le importase nada, reemplazándola por las mujeres que acababan de llegar a Blackwood.

Pero no había sitio para los celos en su vida,

aunque su relación con Jack pudiese justificarlos. Los celos sólo servían para hacer año a la persona que los sufría y era absurdo tenerlos de un hombre como Jack, un hombre que pertenecía a otro mundo, a otro universo. De modo que Ashley negó con la cabeza.

–Estoy bien, no me pasa nada.

–¿De verdad? –Jack inclinó a un lado la cabeza, mirándola con un brillo travieso en los ojos–. ¿Me has echado de menos?

Ashley se mordió los labios. La pregunta era tan inapropiada como provocativa y, tragándose la tristeza, rezó para que su expresión no la delatase.

–La casa estaba muy vacía sin ti.

–¿Eso es un sí o un no?

–Tal vez una mezcla de los dos.

Jack tuvo que sonreír.

–No sabes cómo hieres con tu sinceridad. Pero deja eso por ahora, pronto será la hora de cenar.

–Pero has venido con amigos... me ha dicho Christine.

–Y tú cenarás con nosotros, imagino.

–No, no puedo. Tengo que...

–¿Qué tienes que hacer? –la interrumpió Jack–. ¿Comerte un bocadillo en tu habitación? ¿O cenar sola en la cocina mientras nosotros tomamos un jerez en el comedor?

¿Significaba eso que ella iba a ser un entrete-

nimiento provinciano para sus sofisticados amigos de Londres?, se preguntó Ashley. ¿O estaba
intentando castigarla porque una semana antes lo
había rechazado?

–Nos vemos a las ocho en el comedor –dijo él
entonces.

–¿Es una orden?

–Sí, es una orden –Jack la miró a los ojos–. He
descubierto que respondes muy bien a las órde-
nes.

–¿Y si dijera que no tengo hambre?

–No digas tonterías, Ashley. Quiero que cenes
con nosotros, así que sube a cambiarte.

Después de decir eso, Jack salió del estudio,
dejándola frustrada y desafiante. Pero no iba a tener más remedio que cenar con ellos, de modo
que, a regañadientes, subió a su habitación para
ducharse y cambiarse de ropa.

Después de comprobar el contenido de su armario, Ashley hizo una mueca. No tenía nada
apropiado para una cena elegante, de modo que
sacó lo único que le pareció más o menos presen-
table. Era su mejor vestido y lo había comprado
porque era tan sencillo que podía ponérselo muchas veces sin que la gente se diera cuenta de que
ya lo había visto antes.

Era de seda gris, con falda de capa hasta las rodillas, y lo llevaba con un collar de perlas falsas.

Como siempre, se apartó el pelo de la cara,

pero en lugar de hacerse un moño o una trenza, lo sujetó con un pasador. Porque, aunque Jack le había recordado sutilmente que era una empleada, no quería parecer a punto de tomar notas al dictado.

Pocas veces había estado tan nerviosa como cuando bajó la escalera, en dirección a las risas que oía en el piso de abajo. Pero se había enfrentado con cosas mucho peores que una cena con extraños, pensó.

–Ah, Ashley, aquí estás –Jack levantó la mirada y, al verla, le pareció que hacía una mueca. Tal vez el vestido no era apropiado, pensó.

Y, a juzgar por los que llevaban las otras dos mujeres, no lo era en absoluto. A su lado se sentía como una pálida sombra.

Había una morena espectacular con un vestido rojo, a juego con sus largas uñas, que le llegaba por la mitad del muslo y una rubia que iba de azul, a juego con sus ojos. Sólo había un invitado más, un hombre muy elegante de pelo oscuro y expresión burlona. Los tres le sonrieron y Ashley hizo un esfuerzo para devolver la sonrisa.

Jack puso una mano en su espalda, como si temiera que fuese a salir corriendo de un momento a otro, y el roce le provocó un escalofrío.

¿Recordaría lo besos en la colina o besar a una mujer era algo poco importante para él?

–Ashley, te presento a Kate.

–Hola –dijo la rubia, con un ligero acento escocés.

–Y ella es... –Jack hizo una pausa, señalando a la espectacular morena– Nicole.

–Hola, Ashley. Jack nos ha hablado de ti.

–¿Ah, sí?

–Desde luego que sí. Dice que eres la única secretaria que nunca protesta por su mala letra.

–Le prometí un extra si no protestaba –bromeó Jack.

Ashley sonrió, pero la sonrisa le salió forzada. ¿Por qué había insistido en que cenase con ellos? La relación entre los dos era incómoda desde aquel episodio en la colina y aquello sólo serviría para empeorar la situación. ¿No se daba cuenta de que se sentía fuera de lugar con sus elegantes amigos, por simpáticos que fueran? Y él estaba increíblemente guapo con un traje oscuro que parecía diseñado para destacar lo ancho de sus hombros.

Ojalá tuviese una varita mágica que la hiciera desaparecer, pensó. Pero no la tenía y lo único que podía hacer era intentar mostrarse amable. Soportar la cena por desagradable que fuera y hacerlo con cierta dignidad.

–¿A mí no me presentas, Jack? –rió el hombre de pelo oscuro–. Me llamo Barry Connally y estoy encantado de conocerte. Mereces una medalla por soportar a este bruto irascible, pero en ausencia de una medalla tal vez aceptes una copa de champán.

–No, gracias. Muy amable.

–Ashley no bebe mucho alcohol –Jack la miraba a los ojos mientras hablaba–. Además, creo que la cena ya está lista.

El comedor, donde había cenado tantas veces a solas con su jefe, siempre le había parecido demasiado formal, pero nunca lo había visto decorado como aquella noche. Christine se había esmerado mucho.

La mesa estaba cubierta por un mantel de damasco, con copas de cristal, vajilla de porcelana, velitas blancas sobre cuencos llenos de agua y una larga fila de cubiertos a cada lado de los platos.

¿Sabría utilizarlos o haría el ridículo usando el tenedor equivocado?, se preguntó Ashley.

Para ella, la cena fue una tortura. Resultaba extraño estar sentada allí, siendo servida por unas chicas del pueblo que Christine había contratado para la ocasión, y estuvo gran parte de la cena en silencio, escuchando las bromas de Barry Connally.

Pero, aunque estaba escuchando, y sonriendo en los momentos adecuados, su atención estaba en la interacción entre Jack y Nicole, que reía cada vez que él decía algo. Y en cómo las brillantes esmeraldas que llevaba al cuello llamaban la atención sobre su magnífico escote.

Habría sido más fácil de soportar si Nicole fuese altiva o antipática, pero no lo era, al contrario. Hablaba con ella de manera relajada, en absoluto condescendiente. ¿Cómo no iba Jack a enamorarse de una mujer así?

Después del postre fueron a la biblioteca, donde la chimenea estaba encendida y alguien había preparado una bandeja de licores. Debería resultar un sitio acogedor, pero para Ashley era todo lo contrario.

En cuanto pudo se dejó caer sobre un sillón frente a la ventana y estaba preguntándose hasta qué hora tendría que estar allí cuando Jack se sentó a su lado.

Aquella noche le parecía más formidable que nunca, sus aristocráticas facciones como esculpidas en mármol, su pelo negro brillante bajo las lámparas.

–Estás muy callada –observó.

–No me había dado cuenta. Pero tus amigos lo están pasando muy bien, no creo que hayan notado mi silencio.

Él levantó una ceja.

–¿Siempre te subestimas de ese modo?

–No, yo prefiero pensar que soy realista.

Él la estudió, en silencio. Se mostraba tan reservada, como si la mujer a la que había abrazado en la colina hubiera sido reemplazada por una figura de cera.

–Antes te he hecho una pregunta, pero no me has dado una respuesta satisfactoria.

–¿Qué pregunta?

–Si me habías echado de menos.

Ashley miró a Barry, que estaba sirviendo licores para las chicas.

–¿Quieres que nos oigan?

–Me da igual.

–¿No les parecería un poco raro que le hicieras esa pregunta a tu secretaria?

–No están pendientes de nosotros y dudo mucho que pudieran oírte –dijo él–. A menos que pienses levantar la voz, cosa que no haces a menudo.

–Que te haya echado de menos o no es irrelevante –dijo Ashley por fin.

–¿Tú crees? ¿Entonces qué te ocurre? Te tiemblan los labios como si tuvieras frío, pero la chimenea está encendida y aquí hace calor.

«Tú haces que te desee como nunca he deseado a nadie y eso no está bien».

–Estás abandonando a tus invitados.

Jack rió como antes, pero la risa estaba teñida de algo peligroso, oscuro, que erizó el vello de su nuca.

–Ya empezamos con la hipocresía. Tus ojos dicen una cosa y tus labios dicen todo lo contrario. Pareces un pajarillo hambriento que salta sobre el alféizar de la ventana en busca de unas migajas de pan... y sin embargo algo impide que las tomes.

–Jack, yo no...

–El otro día, en la colina, me deseabas. Pero luego fingiste que no era así –Jack hizo una pausa–. No necesito que me des lecciones de etiqueta, Ashley, pero tienes razón, estoy abandonando a mis invitados. Así que vuelvo con ellos y te dejo en tu torre de marfil.

Cuando se levantó, Ashley se sintió más aislada que nunca. Se sentía mareada después de aquella extraña conversación y lo único que quería era escapar de allí. ¿Estaba siendo una hipócrita?, se preguntó. ¿No se daba cuenta de que sólo intentaba protegerse a sí misma? Y tenía que protegerse a sí misma porque no había nadie que la protegiera.

Pero ahora podría perder su trabajo y, además, nunca sabría lo que era hacer el amor con Jack.

En silencio, se levantó para despedirse amablemente de todos, con la excusa de que debía levantarse temprano al día siguiente.

Jack apenas la miró.

Una vez en su habitación, empezó a desnudarse con manos temblorosas. Todo su cuerpo temblaba tan violentamente que se hizo una bola para entrar en calor, pero por dentro se sentía como un bloque de hielo.

Le llegaban las risas del piso de abajo y se tapó

la cabeza con la almohada, pero cuando la casa quedó en silencio se encontró aguzando el oído en la oscuridad...

Oyó pasos en el corredor, pero no eran los pasos de Jack. No, eran mucho más ligeros aunque parecían muy decididos. Oyó que se abría una puerta y se cerraba de nuevo y se mordió los labios, como si eso pudiera aliviar su angustia.

¿Sería Nicole entrando en la habitación de Jack?, se preguntó. ¿Estaría metiéndose en su cama, apartando el edredón, dejando que él la abrazase?

Las gráficas, y dolorosas, imágenes seguían bailando en su mente, ¿pero qué derecho tenía ella a estar celosa?

Había tenido su oportunidad con Jack y la había desaprovechado.

Pero saber que había hecho bien no conseguía calmar su pena. Habían pasado muchos años desde la última vez que lloró y aquello no podía compararse con la noche horrible en la que su madre de acogida la encerró en el armario, el peor momento de su vida.

Y, sin embargo, pensar en lo que habría podido tener con Jack y no iba a tener nunca le dolía más que nada.

Ashley se mordió los labios para disimular los sollozos, pero ni eso podía evitar que las lágrimas siguieran rodando por su rostro.

Capítulo 7

ASHLEY consiguió soportar a duras penas el resto del fin de semana, escondiéndose detrás de una sonrisa amble y decidida a no mostrar sus sentimientos. Pero nunca se había sentido más como una extraña. Como una espectadora viendo a Jack hacer de anfitrión.

Y tenía la impresión de que la preciosa Nicole había nacido para vivir esa vida, para ser la señora de la mansión Blackwood.

Habían enviado un caballo del pueblo y cada mañana, Jack y la preciosa morena salían a cabalgar. Ashley los veía cuando volvían a la casa, uno al lado del otro por el sendero, siempre en animada conversación.

Nicole no tenía miedo a los caballos. Ella no los asustaba, haciendo que su jinete cayera al suelo...

Ashley no quería sentir celos de Nicole y tampoco quería mirarlos, pero sus ojos, como por voluntad propia, iban siempre hacia ellos.

Tenía que espabilarse y dejar de pensar en Jack como algo más que su jefe, se decía a sí misma.

Pero, para su sorpresa, no parecía haber una relación entre Nicole y él. De hecho, a medida que progresaba el fin de semana, Jack parecía cada vez menos interesado.

Eso debería haberla tranquilizado, pero no era así. Si Jack no se sentía atraído por una mujer tan guapa, tan rica y sofisticada como Nicole, ¿qué esperanza había para ella?

Se sentía aliviada y nerviosa cuando los invitados por fin se marcharon, aunque se preguntaba cómo sería estar a solas con él otra vez. Desde el estudio podía oír risas mientras se despedían en la puerta, pero hizo un esfuerzo para concentrarse en el trabajo.

Y cuando por fin Jack entró en el estudio dejó de teclear un momento. Sus ojos oscuros tenían una expresión indescifrable y parecía ligeramente agitado.

—Buenos días, Ashley.

Ella tragó saliva.

—Buenos días.

—Mis invitados acaban de marcharse.

—Sí, lo sé.

—Pero no te has molestado en salir a despedirlos.

—Tenía mucho trabajo. Además, pensé que no era mi sitio.

–¿Pensaste que no era tu sitio? –repitió él, incrédulo.

–No son mis amigos, son los tuyos.

–Sí, es cierto –Jack se acercó a su escritorio–. ¿Y qué te han parecido, por cierto?

¿Por qué se colocaba tan cerca que apenas podía respirar?, se preguntó Ashley. Podía oler el aroma a jabón y madera de sándalo y notar el calor de su cuerpo...

¿Estaría intentando recordarle lo que había pasado en la colina?

Nerviosa, puso las manos sobre su regazo, donde él no podía verlas.

–Imagino que mi opinión sobre tus amigos es irrelevante.

–Tal vez sí, pero me interesa conocerla. Tu opinión siempre me interesa –dijo Jack–. ¿Qué ocurre, Ashley, no te gustan mis amigos y te da miedo decírmelo?

–No, no, en absoluto. Ellas me han parecido muy agradables y Barry es muy gracioso.

–Es verdad. Suele cautivar a las mujeres con su encanto –asintió él–. ¿Y Nicole? ¿Qué te ha parecido Nicole?

–Pues... es guapísima.

–Sí, lo es.

Aunque no había visto gestos de afecto entre los dos, Ashley no pudo evitar añadir:

–Y parece sentir un gran afecto por ti.

—¿Y te parece mal? —preguntó Jack, con los ojos brillantes.

—¿Por qué iba parecerme mal que sintiera afecto por ti?

Él sonrió, irónico.

—Es imposible discutir contigo, ¿verdad?

—No sabía que estuviéramos discutiendo.

—¿Ah, no? Entonces debes ser extremadamente ingenua o extremadamente astuta.

—¿Por qué dices eso?

—A menudo estamos en desacuerdo y es porque nos sentimos atraídos el uno por el otro. Discutir es una forma de sublimar nuestros sentimientos. El conflicto que creamos en la superficie es una manera de esconder el deseo que sentimos. Pero siempre está ahí, Ashley. ¿No lo notas? Es un deseo que me hace desear tomarte entre mis brazos como hice en la colina, cuando te besé y tú respondiste con una pasión que me dejó asombrado.

—Jack...

—Pensé que una semana en Londres, lejos de ti, me haría recuperar la cordura. Que me daría cuenta de que esto es imposible. Pensé que si salía y me divertía con mis amigos acabaría pensando que fue un incidente sin importancia. Que tal vez si me interesaba por Nicole... pero no puedo. Es a ti a quien deseo, Ashley. Sigo deseándote, no puedo dejar de pensar en ti.

—Jack... —musitó ella, atónita.

Había dicho las palabras que pensó no pronunciaría nunca, las palabras que había anhelado durante las largas horas en las que no podía conciliar el sueño. Pero el instinto le decía que estaba mal y Ashley había tenido que hacer caso de su instinto en demasiadas ocasiones como para ignorarlo ahora.

–Por favor, Jack.

–¿Por favor qué? –la cuestionó él, con voz ronca.

–No hables así.

–¿Por qué no?

–¡Porque no podemos!

–¿Quieres que deje de decirte lo que siento?

Ashley negó con la cabeza, rezando para que aquella nube de deseo desapareciera, para volver a ser la chica de siempre, centrada en su trabajo y nada más.

–¿Vas a negar que hay algo entre nosotros? –la retó él–. Porque en ese caso mi honesta Ashley estaría contando una mentira.

Una vez más, ella sacudió la cabeza. Pero no podía negar la verdad de sus palabras. Se deseaban el uno al otro, un deseo profundo que los consumía. Podía sentirlo en aquel mismo instante y lo único que sabía era que quería que la besara otra vez, sentir la presión de sus labios y la poderosa fuerza de sus brazos. Tragando saliva de manera convulsiva, miró sus labios entreabiertos.

–No es apropiado...

–¿Apropiado? –repitió él. Y su tono sobresaltó a Ashley.

A veces olvidaba que Jack Marchant había llevado hombres a la batalla y la guerra era algo tan elemental como el sexo. Veía un brillo de cruda emoción en sus ojos, pero resultaba difícil saber de qué emoción se trataba; una curiosa mezcla de furia, deseo y algo más, algo que la dejó inmóvil hasta que Jack la levantó de la silla para tomarla entre sus brazos.

–¿A quién le importa que sea apropiado o no? Por una vez en tu vida, ¿no te gustaría hacer lo que deseas en lugar de dejar que pase de largo?

No sabía si estaba esperando una repuesta pero, aunque hubiese podido pensar con cierta coherencia, estaba segura de que no habría podido expresar lo que sentía. De modo que lo miró a los ojos, sabiendo lo que iba a pasar y sin poder evitarlo.

Jack inclinó la cabeza para buscar sus labios en un beso poderoso y ardiente que inició una conflagración en su sangre. Sin pensar, levantó los brazos para rodear su cuello mientras lo oía murmurar su nombre.

–Ashley...

–Jack –musitó ella, incapaz de contener la emoción un segundo más.

Cuando enredó los dedos en su pelo, el deseo la hizo temblar de manera incontrolable y él debió notarlo porque se apartó un poco.

–Te deseo tanto –murmuró.

–Jack...

–Y tú me deseas a mí –siguió él–. ¿O no?

¿Cómo iba a seguir negándolo? ¿Cómo iba a resistirse?

–Sí –le confesó Ashley–. ¿Pero y Nicole? Ella es tu tipo de mujer, alguien que monta a caballo, alguien que...

–Calla –Jack puso un dedo sobre sus labios–. No quiero hablar de Nicole. Te deseo a ti. Te he deseado desde el día que te conocí. Es inexplicable y, sin embargo, inevitable. Eres como un fuego que arde en mis venas, como una fiebre de la que no puedo escapar. Has invadido mi alma y tengo que hacerte mía.

Tan poderosa declaración la hizo temblar de nuevo, aunque temía estar cometiendo el más grave error de su vida. Pero saber que Jack la deseaba tanto como lo deseaba ella, a pesar de las diferencias que había entre los dos, era embriagador. Jack se apretaba contra ella, como si su cuerpo se sintiera irremisiblemente atraído por el suyo. ¿Y no le pasaba a ella lo mismo? ¿No actuaban como dos imanes?

–Jack –susurró, apoyando la cabeza en su hombro.

–Oh, Ashley. ¿Tú sabes lo que siento cuando pronuncias mi nombre así?

–No, dímelo.

–Me dan ganas de llevarte en brazos a mi dormitorio y desnudarte... quitarte las horquillas del pelo y extenderlo sobre mi almohada –Jack hizo una pausa, el pulso latiendo frenéticamente en su frente–. Pero por una vez estás callada y me pregunto por qué. ¿No hay protestas sobre mi franca declaración de deseo? ¿No vas a salir corriendo?

Todo dependía de su respuesta y el corazón de Ashley latía con tal fuerza que la mareaba. Pero se debatía entre dos emociones poco familiares; podía sentir el deseo en su sangre, el mismo deseo que había empujado a hombres y mujeres desde el principio de los tiempos, pero junto con él había algo más, algo mucho más complejo.

Porque veía algo de sí misma en Jack, aunque él fuera rico y poderoso y ella pobre y desheredada. Era como si sus espíritus hubieran conectado de alguna forma. El deseo de Jack era su deseo, como si el destino hubiera decidido unirlos sin importarle las consecuencias.

–No –dijo entonces, levantando la cara para mirarlo a los ojos–. Esta vez no voy a salir corriendo. No puedo hacerlo, ya no. No podría soportar seguir viviendo sin saber lo que es ser tu amante, Jack.

Él apretó los labios, como si su sentida respuesta lo hubiera emocionado.

–En ese caso, será mejor que vuelvas a mis brazos ahora mismo.

–Sí –susurró ella.

Jack exploró su cara con besos, primero sus párpados y luego la punta de su nariz, rozando su mejilla con los labios, su barbilla, su cuello, hasta que la tuvo temblando entre sus brazos.

Tan tierna seducción la derritió por completo hasta que, de repente, él se apartó.

–Podría tomarte aquí –le dijo, sin respiración–. Podría seducirte en un millón de sitios, pero yo creo que deberíamos subir a la habitación, ¿no te parece?

–Sí –respondió ella, mientras Jack apretaba su mano. Y, por un momento, se imaginó a sí misma con él frente al altar.

«Pero si haces el amor con él debes olvidar cualquier sueño de algo duradero», se dijo a sí misma. «Jack puede tomarte en su cama, pero nunca se casará contigo».

Él la llevó hacia la escalera, sus ojos negros brillantes.

–¿Quieres que te lleve en brazos?

Ashley negó con la cabeza.

–No, subiremos juntos.

–La mayoría de las mujeres sueñan que su amante las lleva en brazos a la cama la primera vez.

Algo en sus palabras despertó una campanita de alarma en el cerebro de Ashley.

¿La mayoría de las mujeres? ¿Cuántas mujeres habría habido en su vida?, se preguntó, sabiendo que no podía protegerse contra la posibilidad de que le rompiera el corazón. Ya no. Porque nunca su destino le había parecido más claro.

Pero el valor la abandonó al pensar en lo que la esperaba.

La puerta de roble que llevaba al dormitorio de Jack Marchant.

Capítulo 8

LA PUERTA se abrió, sin hacer ruido alguno, y Ashley miró alrededor. Era una habitación suntuosa y muy tradicional, tan impresionante como había imaginado que sería y dominada por una enorme cama con dosel.

Su corazón se lanzó al galope entonces. ¿De verdad estaba pensando en hacer el amor con un hombre como Jack?

–No te pongas nerviosa.

–Intento no estarlo.

–Pareces horrorizada.

–¿Ah, sí?

Él notó que no lo negaba y, después de cerrar la puerta, tomó sus manos para llevárselas a los labios.

–Y estás helada.

–Un poco, sí.

Jack tiró de ella para envolverla en el capullo de sus brazos.

–Puede que te parezca raro que te desnude para hacer que entres en calor, pero eso es lo que voy a hacer.

Debería sentir miedo, pero la verdad era que cuando la abrazaba así se sentía segura. No como una inexperta virgen con un hombre experimentado sino como una mujer que había encontrado a su alma gemela y estaba a punto de ser iniciada en los misterios del amor.

—Sí, por favor —susurró.

Con cuidado, Jack empezó a desabrochar su cárdigan, liberando cada botón con un gesto que parecía tener un significado erótico. Luego bajó la cremallera de la falda hasta que cayó al suelo y, por instinto, Ashley levantó los pies para librarse de ella mientras Jack le quitaba la blusa. Un segundo después quedaba con el sujetador y las braguitas. Debería sentirse tímida, pero no era así. ¿No era aquél el acto más natural del mundo entre un hombre y una mujer? ¿Y no estaba decidida a que Jack la viese por lo que era? No una fantasía ni una sustituta o alguien a quien pudiese transformar en algo que no era, sino una persona real, Ashley. Ashley Jones.

De modo que lo miró, sin parpadear.

—¿Qué debo hacer ahora?

—Ven aquí, bruja —Jack rió, fascinado por esa mezcla de ingenuidad y curiosidad.

Cuando le echó los brazos al cuello para besarlo, Ashley vio que su expresión se endurecía, como si algo en aquel gesto tan sencillo lo hubiese turbado. Pero el momento pasó en cuanto sus labios se rozaron y esta vez sí la tomó en brazos para llevarla a la cama, apartando el edredón con una mano y dejándola encima con sumo cuidado.

Ashley se quedó inmóvil, mirándolo, con miedo de hacer o decir algo equivocado.

–Tápate.

Ella lo miró, perpleja.

–¿Por qué? ¿No te gusta lo que ves?

–¡Lo dirás de broma! Lo digo porque me gusta demasiado, pero vas a enfriarte y me distraes –dijo él, tapándola con el edredón–. Y un hombre que se desnuda delante de una mujer por primera vez no debería tener las manos temblorosas.

Cuando se quitó el jersey, Ashley pensó que no le temblaban las manos en absoluto. Al contrario.

Lo vio desnudarse como hipnotizada mientras iba revelando su cuerpo poco a poco. La camisa cayó al suelo, al lado de los descartados vaqueros y los calzoncillos... hasta que por fin quedó frente a ella magníficamente desnudo.

Cada músculo, cada tendón marcado bajo la bronceada piel, con una línea de vello oscuro que se perdía...

–No apartas la mirada –observó él–. ¿Ya no eres tímida?

¿Parecería una fresca si admitía que no? ¿Que aquello le parecía tan natural como respirar a pesar de su inexperiencia? Como si estuviera a punto de hacer un descubrimiento, a punto de ser iniciada por el hombre al que adoraba.

¿No era «adorar» una palabra demasiado mansa para describir sus sentimientos por Jack? ¿No sería «amar» una descripción mucho más acertada?

Sacudiendo la cabeza, Ashley miró su erección sin amedrentarse.

–No.

–¿No tienes miedo?

–No, no tengo miedo.

Riendo, Jack se reunió con ella en la cama.

–Eres una sorpresa constante. Y te lo dice un escéptico. Había pensado que nunca volvería a sorprenderme una mujer, pero temo que recuperes el sentido común de repente y te preguntes qué haces en la cama conmigo –Jack empezó a quitarle las horquillas del pelo, dejándolo caer sobre la almohada.

–No, Jack –musitó. Lo amaba, se dio cuenta entonces–. No habrá dudas por mi parte. No he estado más segura de nada en toda mi vida.

–¿No te han enseñado a esconder lo que sientes? ¿No sabes que las mujeres suelen hacerlo?

Ashley creyó detectar cierta amargura en su voz. ¿Pero cómo podía sentir amargura en ese momento?

Tal vez él notó que fruncía el ceño porque se inclinó hacia delante para besar su frente.

–Perdona que sea tan cínico –se disculpó, con voz estrangulada–. ¿Crees que podrás hacerlo?

Cuando lo miró a los ojos, Ashley sintió que su corazón se llenaba de amor.

–Claro que puedo –respondió, tomado su cara entre las manos–. Creo que puedo perdonarte cualquier cosa, Jack.

De nuevo, le pareció ver ese rictus torturado y se preguntó qué había dicho... pero cuando Jack inclinó la cabeza para buscar sus labios, el beso alejó todas las dudas y todas las preguntas. El deseo crecía mientras la acariciaba, sus sabios dedos haciendo que se moviera, inquieta, bajo las sábanas.

–Sigues llevando el sujetador –murmuró Jack.

–Sí, lo sé.

–Y las braguitas.

–Sí.

–Yo creo que deberíamos hacer algo al respecto, ¿no te parece?

Con una mano desabrochó el sujetador y deslizó las braguitas por sus temblorosas caderas.

–Tu piel es como la seda –musitó, besando su cuello.

–¿Sí?

–Mmm... –Jack la besó y la acarició hasta que pensó que iba a volverse loca. Parecía querer tomarse su tiempo pero, de repente, se detuvo–. Lamento tener que parar, pero tengo que hacer algo.

Cuando lo vio abrir un cajón de la mesilla para sacar un paquetito, Ashley supo que tenía que decírselo.

–Jack...

–Si has cambiado de opinión será mejor que me lo digas ahora mismo.

–No, no he cambiado de opinión. Pero necesito decirte algo. Soy...

–¿Qué, Ashley? –Jack volvió a tomarla entre sus brazos–. ¿Virgen tal vez?

–¿Lo sabías?

–Claro que lo sabía.

¿Eso significaba que su falta de experiencia la convertía en una compañera menos deseable? ¿Habría hecho algo mal?

–¿Cómo lo sabes?

–Cariño, está escrito en tu cara. Y respondes a mis caricias con una deliciosa mezcla de inocencia y deseo –Jack suspiró, acariciando su espalda–. Pero si has decidido que no quieres malgastar tu inocencia con un cínico como yo, será mejor que me lo digas ahora. De hecho, tal vez sería mejor que lo hicieras –su voz se había vuelto ronca, sombría–. Pero, por amor de Dios, hazlo rápidamente.

¿De verdad pensaba que iba a marcharse de allí cuando llevaba tanto tiempo deseándolo?, se preguntó Ashley.

–No quiero irme a ningún sitio. Voy a quedarme aquí contigo.

Y entonces, por fin, Jack dejó escapar un suspiro de alivio.

–Eres preciosa –murmuró, besando su pelo–. ¿Lo sabes? Preciosa por dentro y por fuera.

Ashley, sin embargo, se llevó una pequeña desilusión al escuchar esa frase. Porque ella no era preciosa y lo sabía. Pero eso no significaba que todo lo que dijera fuese mentira.

Además, no había tiempo para seguir haciéndose preguntas porque una tensión completamente diferente empezaba a apoderarse de Jack y algo de esa tensión se le contagiaba a ella.

De repente estaba encendida, cada beso arrastrándola más y más a la sensualidad de aquel erótico nuevo mundo. El mundo de Jack, donde todos sus sentidos pedían algo que aún no entendía.

Pero cuando entró en ella estaba más que preparada y el dolor fue tan breve que apenas lo notó, reemplazado de inmediato por un placer tan exquisito que, sin darse cuenta, murmuró su nombre: Jack.

Jack, que la había hecho pasar de niña a mujer.

–Jack –repitió, mientras la llevaba a una oscura y dulce vorágine. Al principio fue muy tierno, sus movimientos lentos y relajados. Pero después se volvieron fieros, ardientes, sus besos hambrientos e intensos. Ashley se sentía como un elástico que estuviera estirando, estirando hasta que por fin se rompió y gritó su nombre.

Y sólo cuando arqueó la espalda se dejó ir él, abrazándola, su cálido aliento acariciando su cuello hasta que, por fin, se quedó inmóvil.

«Lo amo», pensó Ashley, agarrándose a él, notando el sudor que cubría su espalda.

Unos segundos después, Jack la soltó y se tumbó de espaldas, sin decir una palabra.

Gracias a Dios no le había dicho que lo amaba, pensó Ashley. Porque, en realidad, de lo único que había hablado Jack era de deseo. Cuando se arriesgó a volver la cara lo encontró mirando al techo, como si no se hubiera olvidado de ella por completo.

Y, en el silencio de la habitación, podía notar su inquietud.

¿Estaba lamentando lo que había pasado? Tal vez preocupado de que ella quisiera ver en aquella noche algo más que una aventura. O tal vez eso era algo que hacía con todas sus secretarias, pensó entonces. Tal vez las cosas que le había dicho a ella eran las mismas que les decía a las demás.

Se le encogió el corazón al pensar eso.

Ashley se quedó callada, oyéndolo respirar hasta que notó que se había quedado dormido. Y, a pesar de la inseguridad que sentía, se alegró. Porque Jack necesitaba descansar y tal vez el sueño ayudaría a disipar la tensión que había en sus ojos.

Miró al techo, sintiéndose tan desorientada

como una persona en una ciudad extraña en medio de la noche. ¿Debía quedarse allí o marcharse a su habitación? Tal vez eso sería preferible a una incómoda conversación por la mañana.

¿Qué iba a decirle? O peor, ¿qué iba a decirle él?

«Lo siento, Ashley, no sé qué me pasó anoche».

«Lo siento, Ashley, pero ya no puedes seguir trabajando para mí».

¿Podría soportar mirarlo a los ojos y ver que lo lamentaba? ¿Podría soportar los silencios, ver cómo la relación se deterioraba poco a poco hasta que no pudieran mirarse a la cara?

Ashley empezó a apartarse para bajar de la cama hasta que una mano la sujetó por la cintura.

—¿Dónde crees que vas?

Capítulo 9

L A PREGUNTA de Jack hizo que volviera la cabeza, sorprendida.

–¿Dónde vas, Ashley? –repitió él–. ¿Te ibas de mi cama sin decir nada? Eso no es precisamente un halago para un hombre.

Como si necesitara decirle lo maravilloso que era en la cama.

–Iba...

–¿Dónde?

«Di algo razonable», pensó. «Y algo que lo tranquilice para que no crea que vas a pegarte a él a partir de ahora».

Pegarse a un hombre no funcionaba, al contrario, hacía que se apartase. Ashley había aprendido esa lección a los cuatro años y no la había olvidado nunca.

–Iba al estudio, a seguir trabajando.

–¿De verdad? ¿No crees que eso es llevar la ética profesional demasiado lejos?

–No, había pensado... –Ashley miró el reloj

que llevaba en la muñeca y lanzó un grito–. ¡Dios mío, son casi las cuatro!

–¿Y qué? Yo soy el jefe y no importa –bromeó Jack–. Tenemos las horas que queramos e ilimitadas posibilidades para decidir cómo pasarlas y tú quieres volver al ordenador.

–Sólo intento ser diligente.

–A veces un hombre no busca diligencia.

–¿No? –Ashley parpadeó. La miraba de tal modo que empezaba a derretirse–. ¿Ni siquiera de tu secretaria?

–Ni siquiera de mi secretaria. ¿Se te ocurre qué podría preferir?

–No... estoy segura.

–Esto –Jack tiró de ella para colocarla sobre su pecho–. Prefiero esto –le dijo, pasando la lengua por sus labios.

Era tan dulce, tan ingenua, y, sin embargo, hacía el amor como una mujer. Cuando bajó la mano para acariciar su húmeda cueva, la oyó suspirar de placer.

–¡Jack!

–Me gusta cómo respondes.

–¿Sí?

Lo único que ella sabía era que parecía encenderla con cada mirada, con cada roce, con cada beso.

Jack alargó la mano para buscar un preservativo en la mesilla.

Ashley se mostró ansiosa mientras abría sus piernas y se enterraba en ella, disfrutando de su calor, de su estrecha bienvenida, antes de empezar a moverse. Y esta vez la miró. Esta vez vio el placer que transformaba su rostro antes de que también él cayera al abismo.

Después, saciada, Ashley apoyó la cabeza en su pecho.

—Ha sido asombroso —murmuró, con cierta timidez.

—No, *tú* eres asombrosa —dijo Jack, acariciando su pelo—. Aunque debo confesar que resulta un poco raro ver a mi Ashley tan salvaje, tan poco contenida.

Su corazón dio un vuelco cuando la llamó «su Ashley». ¿Lo diría de verdad o se le habría escapado sin que se diera cuenta? ¿O sería algo que le decía a todas las mujeres después de hacer el amor?

—Y una Ashley extrañamente silenciosa, además —siguió Jack, levantando su barbilla con un dedo—. ¿Lamentas lo que ha pasado?

—No, no lo lamento —respondió ella—. ¿Y tú?

Jack se quedó en silencio un momento.

—Si me parase a pensar en ello el tiempo suficiente encontraría una lista de razones por las que no debería haber ocurrido nunca. Pero los dos sabemos que era inevitable —contestó por fin, acariciando sus pechos—. Absolutamente inevitable.

Lo decía como si fuera una tormenta, una violenta e inesperada tormenta. Además, no había contestado a su pregunta y Ashley tuvo un presentimiento. ¿Eso iba a ser todo, una aventura que debía ser olvidada cuanto antes?

–Prácticamente no sé nada sobre ti –dijo Jack entonces.

–Tal vez deberíamos haber tenido esta conversación hace un par de horas.

–Lo digo en serio, Ashley, no seas evasiva.

Pero era él quien se mostraba evasivo, el que se cerraba cuando intentaba averiguar algo sobre su pasado. Pero era el jefe y tal vez tenía derecho a hacer preguntas... ¿incluso en el dormitorio?

–¿Qué te gustaría saber? Has leído mi currículo.

–No estoy hablando de tu capacidad profesional, quiero saber algo más sobre ti. Sé que tus padres murieron, pero poco más. ¿Tienes hermanos?

Ashley carraspeó, deseando que se apartara para colocarse al otro lado de la cama, lejos de la tentación de su cuerpo y de la pregunta que veía en sus ojos.

Su pasado era algo que no le gustaba recordar y, normalmente, evitaba hablar de ello. Y por buenas razones. La gente solía juzgarte cuando no provenías de una familia normal. Pero Jack era el hombre al que le había entregado su virginidad, el que la había hecho sentir cosas que no había sentido nunca. ¿No sería raro ocultarle información cuando sólo intentaba conocerla mejor?

–No, no tengo hermanos. Soy hija única. Y mi madre murió cuando yo era muy pequeña.

–¿Y tu padre?

Ashley consideró sus opciones. Jack parecía muy interesado en su pasado, pero él era descendiente de una familia de aristócratas, hacendados con dinero y contactos en todas partes. ¿No se quedaría horrorizado al conocer las circunstancias de su nacimiento?

«Pero no puedes esconderte de él porque no debería haber secretos entre dos amantes», pensó.

«¿Y no sería mejor que lo supiera todo desde el principio para que pueda rechazarte antes y no después?».

–No conocí a mi padre –tuvo que decir–. En realidad, no sé si mi madre sabía quién era.

–¿Qué significa eso?

–Una de mis madres de acogida solía disfrutar diciendo que mi madre era una... mujerzuela –Ashley tragó saliva, clavándose las uñas en las palmas de las manos–. Y que se acostaba con hombres para comprar drogas.

–¿Estás intentando asustarme?

–No, te estoy contando la verdad. ¿No querías saber la verdad? Además, no creo que eso vaya a asustarte. Imagino que habrás visto cosas mucho peores cuando estabas en el ejército.

Jack rió al darse cuenta de cómo estaba dándole la vuelta a la pregunta.

–¿Alguna vez te han enseñado el poder seductor de la verdad? –le preguntó, sabiendo que estaba patinando sobre una frágil capa de hielo.

–No, en los colegios a los que fui no me enseñaron nada de valor.

–Yo creo que sí –murmuró él, abrazándola–. En alguna parte has aprendido a meterte en la piel de un hombre.

–No me digas esas cosas, Jack.

–¿No te gustan los halagos?

–Sólo cuando contienen algo de verdad.

–Pero esto es verdad, te lo aseguro –Jack frunció el ceño al notar el recelo en su voz–. La tuya debió ser una infancia muy dura.

A Ashley le habría gustado tener una de esas infancias de los anuncios, con un papá y una mamá, un niño y una niña y un coche brillante aparcado en la puerta de una casa con piscina. Tartas de cumpleaños, árboles de Navidad y un perrito que mordiera sus zapatos y los hiciera reír a todos.

Y, sin embargo, algo le decía que no estaría allí si hubiera tenido una infancia así. La dureza y la soledad de su vida, todo lo que tanto daño le había hecho, era en cierto modo responsable del lazo que se estaba formando entre los dos. Porque intuía que también Jack estaba herido. ¿Serían sus experiencias en el ejército o habría algo más?

–No fue fácil, no.

–Cuéntamelo.

Ashley se mordió los labios.

–¿Por dónde empiezo?

–Por el principio, imagino.

–¿Tiene sentido revivir el pasado y recordar a todos esos padres de acogida que no deberían haberse acercado nunca a un niño? Los que lo hacían por el dinero o para llenar un espacio vacío en una relación desastrosa, los que...

–¿Los que te pegaban?

–No, no me pegaban.

–¿Eran crueles contigo?

Ashley recordó el armario y la sensación de estar aprisionada. Las paredes cerrándose a su alrededor hasta que sintió que se ahogaba, la expresión de horror en la cara del médico.

–¿Cómo lo sabes?

–Por instinto, supongo. Puedo intuir el dolor de otra persona –Jack la apretó contra su pecho, murmurando una maldición–. Durante toda tu vida se han aprovechado de ti y ahora yo he hecho exactamente lo mismo.

–No, tú no te has aprovechado de mí. ¿Cómo ibas a aprovecharte si también yo quería estar contigo? No has tenido que seducirme ni convencerme. Los dos somos adultos...

–Pero tú no tenías experiencia. Ninguna en absoluto, mientras yo sí la tengo. La suficiente como para saber cuándo parar. Y debería haber parado cuando aún podía hacerlo.

Estaba buscando excusas, pensó Ashley. Y, si eso era lo que quería, debería dejarlo ir. No debía encadenarlo con sentimientos de culpa o remordimientos de ningún tipo.

—Puede terminar ahora mismo, si quieres.

Jack la miró a los ojos durante largo rato y luego soltó una carcajada.

—Maldita seas, Ashley Jones —exclamó, abrazándola de nuevo—. ¿No sabes que ofreciéndome libertad garantizas convertirme en tu prisionero?

—No era ésa mi intención.

—¿Crees que no lo sé? Sé perfectamente que en ti no hay trampa ni cartón. Podría pensar que es tu juventud y tu inexperiencia, pero es mucho más que eso —Jack la miró a los ojos y bajó la voz hasta convertirla en un murmullo—. Tienes un instinto que te hace especial y que me vuelve loco. Te deseo Ashley, y te deseo ahora.

De nuevo, volvió a hacerle el amor, besándola ardientemente hasta que estuvo preparada para él una vez más. Pero su ternura parecía haber sido reemplazada por otro sentimiento. Le pareció que estaba furioso mientras se movía sobre ella... ¿o desesperado?

Después debió quedarse dormida porque cuando abrió los ojos de nuevo estaba anocheciendo.

—Tengo que trabajar un rato, Jack.

–No necesitas mi permiso para levantarte de la cama.

–La última vez parecía que sí, ¿recuerdas?

–Sí, es verdad –asintió él, riendo–. Bueno, entonces será mejor que te vayas, antes de que recuerde cómo rodeas con esos preciosos muslos mi cintura y te mantenga aquí prisionera.

–¡Jack!

–¿No sabes que me encanta cuando te pones colorada?

–¡Me voy ahora mismo!

–Vete entonces. Yo no te lo impido.

Jack se dejó caer sobre las almohadas mientras ella se levantaba de la cama. Parecía una Venus moderna, pensó, con el pelo alborotado y las mejillas ardiendo.

–Deja de mirarme así.

–Me gusta mirarte.

Ashley se sentía un poco avergonzaba mientras tomaba su ropa del suelo. ¿Estaría juzgando su cuerpo?, se preguntó. No, Jack no podía ser tan superficial.

Después de tomar su ropa a toda prisa, se dirigió al cuarto de baño, donde la imagen que le devolvía el espejo la dejó inmóvil.

¿Podía ser ella de verdad esa mujer? La tímida y discreta Ashley Jones, con el pelo alborotado, desnuda, con marcas de las apasionadas caricias de Jack...

Atónita, se llevó una mano a los labios, ahora tan rojos como fresas.

Después de ducharse se vistió a toda prisa, pero cuando volvió al dormitorio descubrió que Jack había desaparecido. Se quedó allí, parada, preguntándose si lo habría soñado hasta que un ligero escozor entre las piernas le recordó que todo había sido muy real.

¿Y qué debía hacer ahora? ¿Ir a buscarlo o bajar al estudio y seguir trabajando como si no hubiera pasado nada?

Acercándose a la ventana, miró el jardín oscurecido y luego el cielo, donde empezaban a asomar las primeras estrellas.

¿Iba a ser así a partir de aquel momento?, se preguntó. ¿Iba a mostrarse inhibida e incómoda por lo que había pasado? ¿Temiendo expresarse por miedo a cómo lo interpretara su jefe? No, tenía que comportarse con normalidad... si recordaba qué era eso.

Estaba tan perdida en sus pensamientos que no oyó que se abría la puerta a su espalda. Y no se dio cuenta de que alguien había entrado en la habitación hasta que notó el calor de unos labios en el cuello.

—¡Jack!

—Sí, soy yo. ¿Esperabas a otra persona?

—No sabía dónde te habías metido —dijo Ashley, preguntándose dónde estaban sus intenciones de portarse con normalidad. ¿Era normal pasar los dedos por su pelo o inclinarse hacia adelante para respirar el aroma a jabón y sándalo que era sólo de Jack?

–¿Y me has echado de menos?

Le había preguntado eso en otra ocasión y entonces no le había dicho la verdad para protegerse de sus sentimientos por él. Pero ya no había razón para levantar barreras entre ellos.

–Sí, te he echado de menos. ¿Dónde estabas?

–Preparando una pequeña celebración.

Ashley vio una bandeja con una botella de champán y dos copas.

–¿Champán?

–Me apetece champán, ¿a ti no? –Jack abrió la botella y sirvió dos copas.

–Nunca había bebido champán en la habitación de un hombre.

–Su educación está empezado, señorita Jones –dijo él, burlón.

–Pues esta clase me gusta mucho.

–Pero antes de seguir, creo que lo mejor será aclarar una cosa –Jack se puso serio entonces–. Nadie debe saber lo que hay entre nosotros, Ashley. Ni Christine ni nadie. ¿Lo entiendes? Esto es entre tú y yo, nadie más.

Ashley siguió sonriendo, aunque por dentro su corazón se había encogido. ¿Significaba eso que se avergonzaba de ella?

¿Se avergonzaba de haberla elegido a ella como amante en lugar de a una mujer como Nicole?

Tal vez elegía a su secretaria porque así tenía garantizado su deseo de complacerlo. ¿Sabría Jack que su inseguridad evitaría que le hiciera preguntas, que rompiese esa burbuja de felicidad que habían creado para los dos?

–Por supuesto que sí. No diré nada.

–Muy bien.

Pero el champán le supo amargo. ¿Otra mujer, alguien que se valorase a sí misma, no habría objetado ante el deseo de ocultar su relación?

¿Y no implicaba ese deseo que había algo malo en lo que estaban haciendo?

Capítulo 10

QUÉ QUIERES hacer esta tarde, mi brujita de ojos verdes?

Ashley vio un brillo de aprobación en los ojos de Jack mientras acariciaba su cuello. ¿Era así como se sentía una mujer en la cama con el hombre del que estaba enamorada? Como si midiera dos metros y pudiera escalar cualquier montaña sin pararse a respirar siquiera.

Porque era así como ella se sentía.

–¿Qué tal algo que empieza por «ese»? –Ashley sonrió, estirándose perezosamente.

–¿Sexo otra vez? ¿Eres insaciable?

–¿No te gusta que lo sea? –replicó ella, sin dejar de sonreír.

Qué rápido había aprendido a jugar en el dormitorio. Como había aprendido otras cosas que su experto amante le había enseñado.

–No me gustarías de ninguna otra manera. Eres la mejor alumna que un hombre podría tener –Jack inclinó la cabeza para besar sus pechos.

–¿De verdad?

–Sí.

Ashley dejó escapar un gemido de placer. Jack era el mejor profesor que podría encontrar una mujer y le había enseñado que el sexo podía ser muchas maneras: urgente, perezoso o infinitamente tierno. Jack Marchant era mucho más que el hombre de sus sueños porque jamás soñó con encontrar a alguien así. Jamás pensó que conocería a un hombre que la haría desearlo con una sola mirada, nunca pensó que haría el amor con un hombre como él y pasaría las noches en su cama, con el duro viento del páramo golpeando los cristales de las ventanas.

Era una relación que la hacía crecer de todas las formas posibles y se atrevía a pensar que también lo beneficiaba a él. Jack ya no paseaba ansioso por el corredor cada noche. En lugar de eso, dormía profundamente entre sus brazos y eso hacía que su autoestima estuviera por las nubes.

Enredando los dedos en su pelo como había ansiado hacer en incontables ocasiones mientras trabajaban juntos en el estudio, Ashley se apretó contra él.

–Estaba pensando que deberíamos salir a dar un paseo. Que sea invierno no significa que no podamos salir y no deberíamos quedarnos en la cama todo el día.

–¿No podemos? ¿Por qué no?

–Porque tarde o temprano tendremos que comer algo.

–A mí me gustaría comerte a ti –Jack enterró la cara en su cuello, respirando su perfume y maravillándose de que todo fuese tan fácil con ella.

Ashley no estaba constantemente invadiendo su espacio o intentando saber en qué pensaba. Y debería darle las gracias al cielo de que así fuera así porque si Ashley quisiera saber...

Jack hizo un esfuerzo por apartar ese amargo recuerdo mientras la tomaba por la cintura. Pensó entonces en las pesadillas que lo habían acosado durante tanto tiempo que no podía imaginar la vida sin ellas. Pero esas pesadillas habían desaparecido gracias a Ashley. Si tuviera que poner un precio a la tranquilidad que ella le ofrecía tendría que entregarle toda su fortuna. Y lo haría de buen grado.

–Bueno, ¿qué te gustaría hacer hoy, en serio?

Ashley no contestó enseguida. No podía decir que lo que más le gustaría era que su relación no fuese un secreto. No tener que esconderse como si fuera algo malo.

A veces le parecía una locura. Como cuando Christine estaba en la casa... entonces tenía miedo de que un gesto o una palabra la delatasen.

Jack le había dicho que nadie debía saber que ya no eran sólo jefe y secretaria y, aunque no habían vuelto a hablar del asunto, no parecía haber cambiado de opinión.

Ashley intentaba convencerse a sí misma de que ese deseo era comprensible. Christine llevaba muchos años trabajando para su familia y había jardineros, mozos, limpiadoras y otros empleados en Blackwood, todos gente del pueblo, que tal vez podrían pensar que había «seducido» a su secretaria. Y ni él querría arriesgarse a que pensaran eso ni sería beneficioso para ella.

De modo que se obligó a sí misma a ser pragmática, a aceptar que su relación con Jack podría no durar más allá de la duración de su contrato. Debería disfrutar de lo que tenía en aquel momento y no anhelar cosas imposibles.

Era su secreto, se dijo, algo maravilloso que sólo compartían Jack y ella y en el que el resto del mundo no podía intervenir.

—Si de verdad quieres saberlo... me gustaría salir a dar un paseo y luego darnos un baño.

—¿Quieres que nos bañemos juntos?

—Si la bañera es lo bastante grande para los dos...

—Creo que tendríamos que apretarnos el uno contra el otro. O tú podrías tener que ponerte encima.

—Oh, creo que podría soportarlo.

Jack soltó una carcajada.

—¿Y luego?

—Luego me gustaría ver una película romántica y comer palomitas. Y antes de que digas que no te gustan las películas románticas, ya lo sé. Pero me has preguntado qué me gustaría hacer y eso es lo que me gustaría hacer.

Jack lo pensó un momento.

—Muy bien, de acuerdo.

—¿Muy bien? ¿A ti también te apetece?

—¿Por qué no?

—De haber sabido que ibas a ser tan complaciente, habría pedido algo más.

Jack se quedó inmóvil entonces, pensando que le daría el mundo entero si pudiera. Pero no podía hacerlo.

—¿Y qué más pedirías?

El pulso de Ashley se aceleró. ¿Su amor? ¿Su corazón?

—¡Una chocolatina!

Sonriendo, Jack saltó de la cama.

—Eso está hecho.

El día era frío y, mientras paseaban bajo un cielo de color peltre, Ashley pensó que el páramo nunca le había parecido más salvaje, más lúgubre. Y también Jack. ¿Qué pasaba por su mente cuando miraba fieramente el horizonte?, se preguntó. ¿A qué se debía ese brillo de dolor que veía alguna vez en sus ojos? ¿Serían recuerdos de su vida en el ejército?

El baño que siguió al paseo fue tan divertido como había esperado. Ashley rió mientras Jack la enjabonaba y le lavaba el pelo, sintiéndose más libre que nunca, más viva que nunca. Después, la dejó secándoselo para ir al pueblo a alquilar una película.

Media hora después, Ashley oyó el coche por el camino y pensó que todo aquello le parecía extrañamente normal. Y perfecto.

¿Demasiado perfecto?, se preguntó. ¿O estaba dejándose llevar por esa vieja costumbre de desconfiar de todo?

Suspirando, bajó al salón para encender la chimenea, pero cuando Jack entró, muy serio, se asustó un poco.

–¿Qué ocurre?

–Me he encontrado con Christine en el pueblo.

–Ah.

–Se ha quedado muy sorprendida al verme con *El diario de Bridget Jones* y una bolsa de palomitas.

–Sí, ya me imagino. ¿Y qué le has dicho?

–No le he dicho nada. No tengo que darle explicaciones a nadie y menos a mi ama de llaves.

Tan repentina arrogancia parecía destinada a reforzar las diferencias entre ellos... hasta que se le ocurrió pensar que tal vez Christine sospechaba algo.

Y de ser así, ¿terminaría su relación con Jack? ¿Querría él cortar antes de que empezase a haber rumores?

«Pero yo no quiero separarme de él», pensó,

mientras le echaba los brazos al cuello. «Quiero seguir así mientras sea posible».

Jack se quedó inmóvil durante unos segundos, hasta que la ternura del beso hizo que se derritiera.

–Ashley... no te merezco.

–Tal vez no –asintió ella, con una sonrisa en los labios.

El diario de Bridget Jones era una de sus películas favoritas, pero pronto descubrió que el argumento no era tan emocionante si un hombre como Jack Marchant decidía hacerle el amor en el sofá.

Jack la llevó en brazos a la habitación y, después de desnudarla, se apoyó en el cabecero para mirarla a la luz de la luna.

–Eres una mujer asombrosa, ¿lo sabes?

–No soy nada especial.

Él sacudió la cabeza, pensativo. ¿No sabía lo especial que era? Tal vez, si él no hubiera insistido en mantener la relación en secreto...

Jack seguía pensativo a la mañana siguiente, pero cuando iba a hablar con ella Ashley le echó los brazos al cuello... y dejó de pensar. Media hora después, Ashley se tumbaba sobre él, su pelo acariciando su cara.

–Ha sido lo más bonito del mundo.

–Eso dices siempre.

–Porque es verdad. Eres un amante maravilloso.

Jack notó el temblor en su voz, ese temblor de timidez, de juventud. Pero eso hacía que el halago fuese más profundo, más sentido. Era tan dulce, pensó entonces. Nunca se había sentido tan feliz como cuando estaba entre sus brazos.

¿Y qué iba a hacer al respecto?, se preguntó, sintiéndose culpable. Durante un rato se quedó mirando el techo, pensativo, antes de levantarse para sacar algo de su caja fuerte.

Ashley lo observaba, en silencio, recordando el pañuelo azul que había visto en el estudio y sobre el que nunca le había preguntado.

Jack volvió un minuto después y se sentó al borde de la cama.

–Quiero darte algo.

Su expresión la asustó. Era una expresión que no podría describir.

–¿Qué es?

–Esto –Jack abrió la mano para mostrarle un anillo con un diamante rectangular rodeado de piedras más pequeñas, montado en platino. Era un anillo anticuado y tal vez demasiado llamativo, pero a Ashley le pareció el objeto más hermoso del mundo.

–¿Para mí?

–Era de mi madre y quiero que sea para ti.

–¿Por qué?

–¿No te lo imaginas?

–Puedo intentarlo, Jack, pero me da miedo

equivocarme. Un anillo es... un regalo extraño para una amante. Incluso yo, con mi corta experiencia, sé que es un gesto que podría malinterpretarse.

–No creo que tú vayas a interpretarlo mal –Jack tomó su mano para ponerle el anillo–. Pero, para evitar que eso ocurra... ¿y si te dijera que te quiero y que algún día espero casarme contigo?

–Jack...

–¿Que has reconstruido mi alma ladrillo a ladrillo y que no puedo imaginarme la vida sin ti?

Sus apasionadas palabras la dejaron perpleja. Ashley temía que, de repente, se echase a reír, que le dijera que todo era una broma, pero estaba muy serio.

–Jack...

–¿Te sorprende?

–Por supuesto que sí.

–Pregúntate a ti misma si no estamos hechos el uno para el otro, si el término almas gemelas, que hasta hace poco tiempo me habría hecho reír, no se nos puede aplicar. Ha sido así desde el principio, esa sensación de mirar a alguien a los ojos y sentir que estás en casa. ¿No es verdad?

Ella asintió con la cabeza, incapaz de decir nada. Tenía que morderse los labios para mantener la compostura y clavó la mirada en el anillo, temiendo ponerse a llorar como una tonta. Sus palabras eran todo lo que había soñado, todo lo que había tenido que ocultar por miedo a asustarlo.

–Oh, Jack... es lo más bonito que he visto en toda mi vida. Pero no necesito un anillo para amarte, yo siempre te he amado.

–Dulce Ashley... –incluso sus palabras de amor eran más dulces de lo que él merecía–. Mi dulce Ashley, sin artificio, fuerte y digna a pesar de lo que el destino te ha hecho sufrir. ¿Tú sabes cuánto te admiro? Admiro que digas la verdad sin miedo a las consecuencias, que seas capaz de serenarme... podrías serenar a un hombre con una mirada, con una sonrisa.

–Jack –repitió ella, sin saber qué decir.

–Te quiero –dijo él simplemente–. Y quiero casarme contigo. ¿Crees que podrías soportar ser mi mujer?

Ashley intentó responder, pero ningún sonido salía de su garganta de modo que tuvo que limitarse a asentir con la cabeza.

¿Ella, Ashley Jones, que nunca pudo encontrar una familia de acogida que la quisiera, casándose con Jack Marchant? Estaba diciendo que la amaba, que quería pasar el resto de su vida con ella.

¿Era un sueño o aquello estaba ocurriendo de verdad?

–¡Sí, sí, claro que me casaré contigo! –exclamó por fin–. ¿Cómo no iba a hacerlo si te amo tanto? Oh, Jack, Jack.

Él la besó en los labios, poniendo en ese beso todo su corazón.

–¿Eres feliz?

–Mucho más que feliz, no sé describirlo. Es como un sueño.

–Sólo hay una cosa... –dijo Jack entonces, besando su mano–. No quiero que se lo cuentes a nadie. Aún no.

La burbuja de felicidad se rompió de golpe.

–¿Hay alguna razón para que no quieras contárselo a nadie?

–Es complicado. ¿Puedes confiar en mí, Ashley?

Sí, podía confiar en él. Jack le había entregado su corazón sin reservas, de modo que podía confiar en él, *tenía* que hacerlo.

Le gustaría gritarlo a los cuatro vientos, pero aún no podían contar que estaban juntos, tal vez porque él era un hombre muy reservado. Fuera como fuera, debía confiar en él.

Porque aquello era de los dos, sólo de los dos.

–¿Eso significa que no puedo ponerme el anillo?

–No, aún no. Pero puedes ponértelo en el dormitorio –sugirió Jack, buscando sus labios–. Digamos que es lo único que puedes llevar cuando estemos en el dormitorio.

Parecía una petición razonable y provocativa. Y, por supuesto, Ashley se adaptó a la situación porque quería hacerlo. Como lo quería a él, más de lo que había querido a nadie en toda su vida.

Si hubiera sido mayor o más experta tal vez habría cuestionado esa petición, pero estaba demasiado ciega de amor.

Cada mañana levantaba la mano para mirar el anillo y cuando el sol lo hacía brillar con todos los colores del arco iris recordaba que aquello no era un sueño sino una realidad.

Pero tal vez fue la felicidad lo que hizo que se descuidara...

Jack se había ido a Londres durante un par de días para reunirse con su agente literario y sus abogados, dejando a Ashley trabajando en el manuscrito. No le pidió que lo acompañase y ella no esperaba que lo hiciera, pero era la primera vez que se separaban desde que se convirtieron en amantes y lo echaba de menos como nunca. Seguía durmiendo en su cama, aunque odiaba el espacio vacío a su lado, y ponía la cara sobre las almohadas para respirar su olor.

Al menos, tener la casa para ella sola significaba que podía trabajar sin interrupciones y estaba en el capítulo Diez cuando Christine entró en el estudio una mañana.

—¡Christine! —exclamó Ashley.

—Parece como si hubieras visto un fantasma —dijo el ama de llaves.

—Pero... pero no deberías estar aquí hoy.

—Ha llegado un paquete para el señor Marchant y me han llamado para que fuese a recogerlo a

Correos. Pero tal vez quieres verlo tú antes –sugirió Christine, irónica.

Ashley se dio cuenta entonces de que seguía llevando el anillo y rápidamente escondió la mano bajo la mesa. ¿Lo habría visto Christine? Aquello era una locura, pensó. ¿Por qué le había regalado Jack aquel anillo?

–Tal vez deberías saber que la gente de por aquí está empezando a murmurar –dijo el ama de llaves.

–¿Qué quieres decir?

–En estos pueblos pequeños todo el mundo habla de todo el mundo, ya sabes. Una de las limpiadoras ha estado hablando de ti... diciendo que el señor Marchant parece muy contento contigo, no sé si me entiendes.

«No reacciones» pensó Ashley, mientras se quitaba subrepticiamente el anillo.

–Bueno, espero que lo esté. Al fin y al cabo, trabajo para él.

–Mira, Ashley, tú eres una buena chica –dijo Christine entonces– y no quiero que te hagan daño. Pero recuerda que los ricos no siempre lo tienen todo fácil. Tienen sus secretos y sus problemas también, como todo el mundo.

Ashley habría querido preguntar a qué se refería, pero no se atrevía a hacerlo. Empezar una discusión de ese estilo podía llevar a todo tipo de complicaciones y las cosas ya eran bastante complicadas.

–Intentaré recordarlo –le dijo.

Pero las palabras de Christine despertaron todas sus inseguridades.

«No quiero que te hagan daño», había dicho el ama de llaves. ¿Qué significaba eso, que había visto algo parecido en otras ocasiones? ¿Habría una larga lista de secretarias seducidas por Jack y descartadas después?

No, no podía ser. No iba a creer eso. Jack no era ese tipo de hombre. La gente hablaba porque no tenían nada mejor que hacer y si querían chismorrear sobre su jefe y ella, que lo hicieran. Tal vez incluso les harían un favor. ¿No sería mejor que dejasen de comportarse de esa manera furtiva?

Cuando volviese de Londres hablaría con él, pensó. Le diría que lo amaba, pero se sentía incómoda con tanto secretismo.

Jack debía llegar a las seis y, después de lavarse el pelo, Ashley se tomó su tiempo con el secador hasta lograr que cayera como una cascada de color caramelo sobre sus hombros. Luego se puso un vestido de punto color crema que quedaba ligeramente ajustado donde debía hacerlo y, como único adorno, el anillo.

Cuando oyó el ruido de la puerta corrió a recibirlo. Jack estaba sacudiendo la cabeza para quitarse la nieve del pelo...

–¡Jack! –gritó, echándose en sus brazos.

–¿Me has echado de menos?

–Desesperadamente.

Él sonrió, contento. Mientras estaba en Londres se había preguntado muchas veces si la felicidad y la pasión que encontraba entre sus brazos sería sólo un sueño. Pero un segundo en su compañía y sabía que todo era cierto.

–Dame un beso.

–Pensé que no me lo ibas a pedir nunca.

Unos segundos después, los dos se apartaban para buscar aire.

–Te he echado de menos.

–Yo también, mucho –dijo Ashley.

Jack la llevó al dormitorio y le hizo el amor en la cama en la que Ashley había dormido sola durante su ausencia. Pero parecía tenso, pensó.

–¿Qué tal el viaje? –le preguntó después, mientras estaban sentados en la alfombra de la biblioteca, tomando una copa de vino.

Jack suspiró. ¿Era el momento de hablarle sobre la larga e incómoda reunión que había tenido con su abogado y de todos los obstáculos que tenían por delante? Pero al menos había descubierto que había una salida.

–Ha sido un viaje fructífero –contestó, tomándola entre sus brazos.

–¿Ah, sí?

Iba a tener que contárselo tarde o temprano, pensó Jack entonces. Sabía que podía confiar en

ella y tal vez aquél era el momento de demostrarle que así era. ¿Pero no podía esperar hasta el
día siguiente, cuando hubiera pasado una noche
más entre sus brazos?, se preguntó, mientras acariciaba su pelo. ¿O sólo estaba posponiendo lo
inevitable?

–Tenemos que hablar, Ashley.

La seriedad de su tono la asustó, pero cuando
iba a decir algo sonó el timbre de la puerta.

–¿Quién puede ser a estas horas de la noche?

–No lo sé –Jack frunció el ceño, sorprendido.

El timbre volvió a sonar.

–¿No vas a abrir?

–Sea quien sea, debería haber llamado antes
por teléfono.

Pero el timbre seguía sonando de manera per-
sistente.

–Tenemos que abrir, Jack. Pueden ver las luces
encendidas y saben que estamos en casa. Si quieres, puedo abrir yo y pedir que me dejen el mensaje.

Jack la dejó ir y después pensó que eso era lo
más estúpido que había hecho en toda su vida.

Desde la biblioteca oyó que abría la puerta y,
unos segundos después, unos pasos decididos.
Ashley, pálida y confusa, apareció al lado de un
hombre de rostro bronceado, traje de verano y expresión airada.

Jack se levantó de un salto.

–¿Qué haces aquí?

–Hola, Marchant. Cuánto tiempo sin vernos –dijo el hombre, con acento norteamericano–. Parece que he interrumpido algo, de modo que los rumores son ciertos.

–¿Qué rumores?

–Deberías tener más cuidado si quieres llevar una doble vida, Jack, porque la gente habla mucho –el extraño miró alrededor–. Bonita casa, por cierto. Sabía que eras rico, por supuesto, pero siempre es interesante confirmar algo así.

Jack apretó los puños.

–¿Qué es lo que quieres?

–Tú sabes muy bien lo que quiero –el hombre miró a Ashley–. Pero tal vez la señorita no lo sabe. ¿Vas a contárselo tú o se lo cuento yo? ¿Le ha pedido Jack que se case con él? Porque si es así tal vez debería consultar con un abogado antes de darle una respuesta.

–No sé de qué está hablando... –Ashley miraba de uno a otro, asustada.

–Entonces tal vez deba explicárselo. Verá, su amante está casado con mi hermana. Y no puede convertirse en la señora Marchant porque ya hay otra señora Marchant. Y, si no recuerdo mal, la bigamia es un delito.

Ashley miró a Jack. No quería creer una palabra, pero al ver su expresión de derrota supo que era cierto. La verdad estaba escrita en su cara, desde el dolor que nublaba sus ojos a la dura línea de su boca.

Y, de repente, todo quedó claro: los cotilleos del pueblo, el comentario de Christine. Pero, sobre todo, el inexplicable deseo de Jack de que nadie supiera nada sobre su relación.

Porque Jack Marchant estaba casado.

No sabía cómo, pero empezó a mover las piernas, que amenazaban con doblarse bajo su peso. Se dirigió a la puerta, con el corazón encogido y una terrible sensación de haber sido engañada.

Jack le había mentido, la había seducido para acostarse con ella. Se había llevado su virginidad y ella se la había entregado gustosa porque lo amaba.

Pero, sobre todo, había confiado en él, ella que había aprendido a no confiar en nadie. Le había entregado su corazón y él lo había pisoteado como si fuera un juguete.

Sin mirarlo, pasó al lado del extraño y subió a su habitación, apoyándose en la puerta e intentando llevar aire a sus pulmones. Su angustia era tan grande que se deslizó hasta el suelo y, enterrando la cara entre las manos, empezó a sollozar como si su corazón se estuviera rompiendo.

Capítulo 11

ASHLEY, por favor, abre la puerta.
Ashley, en el santuario de su habitación, oyó la voz de Jack desde el pasillo. La voz que había amado tanto, esa voz que podía pasar del sarcasmo a la ternura y que hacía que sus sentidos despertasen a la vida.

Y la triste realidad era que, a pesar de lo que sabía ahora, seguía amándolo. Y sospechaba que lo amaría para siempre. Ni siquiera una traición de ese calibre era suficiente para matar el amor que sentía por él. Una vez, Jack había estado detrás de esa puerta pidiendo que abriese, pero en esa ocasión no había cerrado con llave y en esa ocasión no tenía el corazón roto en mil pedazos.

Ahora sí y la culpa era suya por haber sido tan ingenua.

—Ashley, por el amor de Dios, al menos respóndeme. Dime algo.

—¿Qué quieres que diga, Jack?

—Me da igual, di lo que quieras. Insúltame si así te sientes mejor.

Ella rió, con amargura. ¿Pensaba que eso la haría sentir mejor? Nada, nunca la haría sentir mejor.

–No quiero tener esta conversación así, con una puerta entre los dos –siguió él–. No pienso moverme de aquí y si insistes en no abrir tendré que tirar la puerta abajo.

¿Lo habría hecho? Ashley no lo sabía o tal vez ya no podía juzgar qué habría hecho Jack Marchant. ¿Lo conocía realmente o el Jack del que se había enamorado estaba sólo en su imaginación? ¿Había visto sólo lo que quería ver, ciega a la verdad? Jack era un hombre casado, se recordó a sí misma amargamente. Tenía una esposa y, sin embargo, le había pedido que se casara con él, haciéndola soñar con fantasías románticas...

Pero estaba en lo cierto, tendrían que hablar tarde o temprano. Además, Christine estaría allí por la mañana... ¿sabría Christine que estaba casado? ¿Lo sabría todo el mundo menos ella?

Lentamente, abrió la puerta y lo vio en el pasillo, su rostro convertido en una máscara de dolor. Ashley intentó endurecer su corazón, intentó no sentir compasión por él. No podía, no debía sentir nada.

–No podemos hablar aquí –dijo él entonces.

–No, no podemos.

–Ponte algo de abrigo y baja a la biblioteca, por favor. Estás helada.

Ashley se dio cuenta de que tenía la piel de gallina. Tenía frío y no se había dado cuenta siquiera.

–Bajaré enseguida.

Por un momento, él pareció vacilar. Y eso era tan raro en Jack Marchant. ¿Cuándo lo había visto vacilar?

–No tardes, por favor.

Después de ponerse un grueso jersey sobre el vestido de punto con el que había querido recibirlo, bajó a la biblioteca y Jack levantó la mirada al verla entrar.

–Siéntate, por favor.

Ashley se dejó caer sobre uno de los sillones de terciopelo, viendo cómo él se acercaba a la bandeja de los licores y le servía una copa de coñac.

–No me gusta el coñac.

–Tómatelo. Estas tan pálida que no sé si te queda algo de sangre en las venas.

Se sentía exangüe, pensó, como si la vida se le estuviera escapando a borbotones. Pero tomó un sorbo de coñac y sintió que empezaba a entrar en calor.

–¿No vas a hacerme ninguna pregunta? ¿No me vas a acusar de haberte engañado?

–¿Para qué? Es cierto, ¿no?

–Sí, es cierto –Jack apretó los labios–. ¿Quieres que te cuente la historia?

–¿Eso cambiaría algo? ¿Cambiará que tienes una esposa? Normalmente es algo que un hombre le cuenta a una mujer, sobre todo cuando dice estar enamorado de ella y querer casarse.

–¿Quieres que te hable de mi mujer? –Jack apretó los labios y ella vio un músculo marcado en su mandíbula–. Tú sabes que a veces tengo pesadillas...

–¿Por eso paseabas por el corredor? ¿Es por esto por lo que no has querido contármelo nunca?

–No te lo he contado porque quería olvidar el pasado, como tú prefieres olvidar el tuyo. Cuando estaba contigo, lo único que me interesaba era el presente.

Pero el pasado afectaba al presente, pensó ella.

–¿Cuándo empezaron esos sueños?

–Cuando dejé el ejército y volví a la vida civil. Al principio, apenas lograba conciliar el sueño, no me acostumbraba a dormir en una cama y me sentía encerrado entre cuatro paredes. Sufría lo que se llama una neurosis de guerra... es algo muy común entre los soldados.

Pero ese problema no tenía nada que ver con su esposa, pensó Ashley.

–Las pesadillas volvían todas las noches –siguió él–. Con horrible claridad, recordaba escenas del infierno que había vivido y las imágenes se repetían en mi cabeza durante el día. Es algo tristemente normal para ex soldados que han entrado en combate –Jack s se sirvió otra copa de coñac–. Cansado, decidí irme a Estados Unidos, a un sitio que se llama Santa Bárbara, en California, para intentar decidir qué iba a hacer en el futuro.

Ashley dejó la copa sobre la mesa, sin decir nada. ¿Para qué iba a hacerlo?

–Es un sitio precioso, el mar es maravilloso y el paisaje de cine. La casa que alquilé se llamaba Rancho Esperanza y el nombre parecía algo simbólico después del horror de la guerra... podía ver el mar desde las ventanas y tenía una piscina en la que nadaba cada mañana, después de desayunar. El descanso y la belleza de aquel sitio me ayudaron mucho, pero me sentía solo. Y entonces conocí a una agente inmobiliaria que me ensañó algunas propiedades en la zona porque tenía intención de comprar. Era una chica rubia, guapísima. Durante un tiempo me ayudó a olvidar los horrores que había visto y... en fin, tuvimos una aventura. Debió quedarse en eso, pero un día Kelly anunció que estaba embarazada.

Ashley tuvo que contener un gemido de horror. ¿Era peor de lo que ella había imaginado? ¿Jack tenía un hijo?

–De modo que nos casamos –siguió él, por miedo a no poder seguir si paraba un momento–. Pero descubrí que el embarazo no era real sino la clásica trampa para atrapar a un hombre. Y, sin embargo, yo seguía demasiado angustiado por mi problema como para darme cuenta. El orgullo me hacía esperar que el matrimonio funcionase y lo intenté, de verdad, pero no estábamos hechos el uno para el otro. Queríamos diferentes cosas de la vida. A Kelly le gustaba gastar dinero, ir a fiestas y viajar continuamente. La vida que vivía era como un patio de colegio para adultos y yo no soy así, así que empecé a echar de menos mi casa, este páramo triste y el cielo gris de Inglaterra. No me veía viviendo para siempre en Estados Unidos, pero Kelly vio una fotografía de Blackwood y se negó a poner el pie aquí.

–¿Y qué pasó? –preguntó Ashley.

–Le dije que quería el divorcio y ella empezó a hacer demandas astronómicas. Una locura –Jack sacudió la cabeza–. Quería millones de dólares por un matrimonio que había durado menos de seis meses. Yo le dije que, aunque tenía intención de ser justo con ella, no pensaba dejar que me estafase –angustiado, sacudió la cabeza–. Pero una noche, mientras volvíamos a casa en el coche, Kelly perdió los estribos y empezó a golpearme y a agarrar el volante.

Jack hizo una larga pausa y ella lo miró, interrogante, aunque en el fondo de su corazón intuía lo que iba a decir.

–Sufrimos un accidente y Kelly estuvo a punto de morir. Tenía daños cerebrales y cuando la operaron quedó en coma. En estado vegetativo, lo llaman los médicos –Jack tragó saliva–. Y sigue así hasta hoy.

–Dios mío, qué horror. Oh, Jack... ¿cuándo ocurrió eso?

–Hace dos años.

–¿Dos años?

De repente, Ashley sintió que su vida era un rompecabezas cuyas piezas alguien hubiera esparcido por el suelo.

–Sé lo que debes pensar –dijo Jack entonces–. Que soy un hombre cruel, sin corazón, y puede que sea cierto. Pero estuve en la habitación del hospital durante semanas mientras le hacían pruebas y las semanas se convirtieron en meses. Llamé a todos los especialistas para ver si podían hacer algo, pero todos decían lo mismo: no había ninguna esperanza, Kelly no iba a recuperarse nunca. Durante un tiempo me negué a creerlos, pero no hubo ningún milagro y, al final, volví a casa. No pensaba enamorarme de nadie, Ashley. No pensé que querría pasar el resto de mi vida con otra persona.

Esas palabras, que unas horas antes la hubieran emocionado, la dejaban fría ahora.

–¿Por qué no me lo contaste antes?

–¿Cuándo? En el momento que te conocí ya era demasiado tarde. Nunca imaginé que iba a enamorarme y tú eras tan joven, tan ingenua. Pero entonces empecé a ver a la persona que había detrás de esos limpios ojos verdes, a la persona honesta y llena de vida pero tímida al mismo tiempo. Me embrujaste, Ashley. Me decía a mí mismo que debía contártelo, pero lo dejaba para el día siguiente y luego para el otro. Y entonces nos convertimos en amantes...

–Amantes adúlteros –le recordó ella.

–En teoría –dijo Jack.

–No, en la práctica. ¿Pero por qué me regalaste el anillo? ¿Por qué me pediste que me casara contigo si sabías que no podíamos casarnos? –le preguntó Ashley–. ¿Querías olvidarte de tu pasado, hacer como si no existiera?

–No, no es eso.

–Aunque también yo tengo parte de culpa. Me decía a mí misma que todo era normal, pero en el fondo sabía que no era así. Tanto secreto, tanta obsesión porque nadie supiera de nuestra relación... no quise enfrentarme con la verdad porque quería vivir en esa burbuja maravillosa, de modo que tal vez he sido una cobarde –Ashley se mordió los labios, pensativa–. Ese pañuelo azul... lo encontré en un cajón, en el estudio.

Jack apartó la mirada.

–Era de Kelly, lo llevaba el día del accidente. Cada vez que lo miro la recuerdo en el hospital –le confesó–. No puedo soportarlo, pero tampoco puedo deshacerme de él.

–Oh, Jack...

–Tienes que perdonarme, te lo suplico. No sé por qué no te lo conté antes, tal vez sólo quería experimentar la felicidad de decirle a la mujer de la que estoy enamorado que quería pasar el resto de mi vida con ella. Tal vez quería olvidar la amarga realidad. ¿Es eso tan imperdonable, Ashley? ¿Es tan malo aprovechar un momento de felicidad?

–No lo sé... no lo sé.

Jack se acercó y, a pesar de todo, Ashley tembló de amor al sentir el calor de su cuerpo.

–Esto no tiene que cambiar nada.

–¿Estás loco?

–¿Por qué iba a cambiar nada? Kelly recibe el mejor tratamiento del mundo y yo seguiré pagándolo mientras viva. Tú y yo podemos seguir siendo amantes, como antes. Pero si quieres, me divorciaré de ella. Ésa es una de las razones por las que fui a Londres, para hablar con mi abogado, para saber si había algún imperativo legal que...

–¡No!

Su respuesta pareció pillarlo por sorpresa porque se quedó inmóvil.

–Una vez me dijiste que podrías perdonarme cualquier cosa.

–Me equivocaba –dijo Ashley–. No puedo fingir que no pasa nada. ¿No te das cuenta de que no hay futuro para nosotros, que lo nuestro debe terminar? No puedo seguir siendo tu amante... tengo que irme de aquí.

–¿Pero por qué, Ashley, por qué?

¿No se daba cuenta? ¿Iba a tener que decírselo ella?

–Porque está mal, Jack. No puedo hacerlo. No quiero ni imaginar a esa pobre mujer que está en el hospital, en coma. Y no puedo soportar la idea de compartir tu cama mientras ella esté viva. Pero es más que eso, Jack, deberías haber confiado en mí. Deberías habérmelo contado antes y creo... creo que ya no podría volver a confiar en ti. Esa confianza se ha roto y, lo mires como lo mires, dos personas no pueden estar juntas si no hay confianza entre ellas.

Él hizo una mueca, como si lo hubiera golpeado, antes de darse la vuelta para mirar la chimenea. Y cuando se volvió de nuevo, su expresión había cambiado por completo. Parecía un extraño, alguien a quien no conocía.

–Te ruego que lo pienses. No tomes una decisión en este momento, por favor. Yo no intentaré influir de manera alguna en tu decisión, pero... sé que debería haberlo hecho de otra manera y no sé cómo disculparme, pero lo importante es que nos queremos. Te quiero y tú me quieres a mí –Jack respiró profundamente–. Yo soy mayor que tú y sé cómo funciona el mundo. Y sé lo difícil que es encontrar esta clase de amor... –se le rompió la

voz y tuvo que aclararse la garganta–. Entre nosotros hay algo especial y si lo perdemos, si lo de-
saprovechamos... estaríamos locos.

Ashley sacudió la cabeza, con el corazón par-
tido. Era tan difícil contener el deseo de echarse
en sus brazos, de dejar que el amor de Jack la hiciese olvidar todas sus dudas. No podrían volver
a tener lo que habían tenido antes de aquella con-
fesión, pero tal vez podrían ser felices...

¿Podría ella vivir sabiendo que su felicidad era
la tragedia de otra mujer? Ashley lo miró a los
ojos, esperando que su rostro no delatase tan tu-
multuosos pensamientos.

–Me voy a mi habitación.

–Ashley...

–Deja que lo piense. Por favor, no me pidas
nada más –lo interrumpió ella.

Pero no había nada que pensar. Tendría que
irse de allí. Irse muy lejos, a algún sitio donde
Jack no pudiese encontrarla.

Estuvo despierta en la cama hasta que oyó sus
pasos en el corredor y, después, el ruido de la
puerta de su habitación. Pero esperó hasta que la
casa estuvo en completo silencio antes de levantarse para hacer la maleta.

Intentó dejar una nota, pero no encontraba palabras para expresar lo que sentía. Recordarle que
la había traicionado, que le había roto el corazón,
sería innecesariamente cruel para un hombre que

estaba sufriendo. Decir que lo amaba y sospechaba que lo amaría siempre sería darles falsas esperanzas. Porque no había futuro para ellos.

De modo que se limitó a dejar el anillo sobre la mesa, donde parecía hacerle un guiño de reproche, un frío y precioso recordatorio de todo lo que no sería nunca.

De madrugada, cuando los primeros pájaros empezaban a cantar, Ashley salió de su habitación. Como un fantasma, estaba saliendo por la puerta cuando sonó el teléfono. Se preguntó quién podría llamar a esas horas, pero lo que ocurriese en la casa Blackwood ya no era asunto suyo. De modo que, en silencio, cerró la puerta y se despidió de su antigua vida.

Hacía frío y el páramo era más oscuro que nunca, pero ella sólo era consciente de los frenéticos latidos de su corazón y del urgente deseo de escapar. De irse lejos, aunque algo parecía empujarla hacia el hombre de los ojos negros que seguramente tampoco estaría dormido. Tal vez un sexto sentido lo avisaría de su partida, pensó, asustada. Y si era así, iría a buscarla a la estación.

Ashley siguió caminando, alejándose de Blackwood todo lo posible. Sólo cuando estuvo a varios kilómetros del pueblo se atrevió a sacar el móvil del bolso para llamar a un taxi.

El coche llegó quince minutos después y se dejó caer sobre el asiento, con el corazón encogido.

–¿Dónde vamos, señorita?

Ashley tragó saliva. ¿Dónde iba? ¿Dónde podía encontrar refugio? En Londres, pensó. Tenía
amigos allí y era una ciudad lo bastante grande
como para perderse.

Se inclinó hacia delante para hablar con el conductor mientras, fuera del taxi, el sol intentaba
iluminar un cielo gris y un futuro solitario y triste
parecía abrirse ante ella.

Capítulo 12

LONDRES parecía diferente a la última vez que estuvo allí. Después de vivir en Blackwood, respirando aire fresco y limpio, la ciudad le parecía insoportable. Tenía amigos en Londres, amigos que sin la menor duda le habrían ofrecido una habitación o un sofá en el que dormir, que habrían abierto una botella de vino y le habrían dicho que debía olvidarse de Jack Marchant y seguir adelante con su vida.

Pero Ashley sabía que no iba a ser tan fácil. Como sabía que no podía ver a ninguno de sus amigos en ese momento. Su dolor era demasiado intenso, demasiado profundo, sus sentimientos por Jack demasiado complicados. De modo que se alojó en un pequeño hotel en una zona no muy recomendable de la ciudad y se tumbó en la cama, hecha una bola. Durante dos días alternó entre el sueño y las lágrimas y sobrevivió a base de tazas de té.

Pero el tercer día decidió que debía recuperar las fuerzas y salió a comer algo. No tenía apetito, pero necesitaba comer algo caliente, de modo que entró en un café y pidió un plato de huevos revueltos con beicon, que le costó un esfuerzo sobrehumano terminar. Sabía que después se sentiría mejor y ella era una superviviente, pero nada le había parecido tan difícil como aquello.

¿Qué iba a hacer? Tenía que seguir adelante.

Nunca olvidaría a Jack y no quería hacerlo, pero tendría que vivir sin él.

Sintió la tentación de buscar una nueva agencia de empleo y empezar de cero, pero había trabajado para Julia en la agencia Trumps desde que dejó el colegio y tenía muy buenas referencias allí, de modo que se arriesgó a visitarla. ¿Se habría puesto Jack en contacto con ella?, se preguntó.

Pero no lo había hecho. Su salario estaba pagado al completo e incluso había enviado una fabulosa carta de recomendación. Y, sin embargo, un rinconcito de su corazón se encogió al saberlo. Le había dicho que todo debía terminar entre ellos, pero en el fondo había esperado que al menos intentara ponerse en contacto con ella.

¿Pero para qué? ¿Para sufrir la tortura de tener que decirle que no?

Julia encontró un trabajo de interna para ella en un pequeño hotel boutique en Dorset, al sur de Inglaterra. Era un sitio muy bonito, aunque el paisaje era casi aburrido comparado con la salvaje belleza de los páramos. Pero era justo lo que necesitaba.

No quería recordar Blackwood, no quería pensar en Jack a todas horas. Y esta vez tenía el mar, con su asombrosa belleza y el interminable sonido de las olas para calmar su dolorido corazón.

Dos meses después, descubrió que no le costaba tanto sonreír como esos primeros días, cuando se marchó de Blackwood. Y ella sabía lo importante que era sonreír. Si no lo hacía, la gente le preguntaba qué le pasaba y Ashley no quería responder a ninguna pregunta.

Sabía que la vida debía seguir su curso, que el tiempo curaba todas las heridas, y debía tener fe en esos clichés para seguir adelante. De modo que hacía su trabajo y paseaba por la playa, intentando no recordar, intentando reunir los pedazos de su corazón.

Y, por fin llegó la primavera, llevando con ella el aroma de las flores, la brisa, la promesa de una nueva vida.

Eso tenía que ser un buen presagio para el futuro. El cambio de estaciones borraría poco a poco el dolor de no ver a Jack.

Empezó a estudiar francés y a hacer amigos en Dorset. Su vida era tranquila, reposada, pero eso era exactamente lo que ella quería.

Y entonces ocurrieron dos cosas que lo cambiaron todo. La primera, que un abogado se puso en contacto con ella a través de la agencia de empleo.

Ashley llamó al teléfono que Julia le había dado, dispuesta a colgar si tenía algo que ver con Jack, pero no era sobre Jack sino sobre su madre. O, más bien, sobre la familia de su madre, que había decidido ponerse en contacto con ella después de tantos años.

Era extraño, pensaba Ashley, sentada frente a un abogado en su bufete de Londres, cómo la muerte podía curar las heridas de los vivos. Su abuela materna, sintiéndose culpable en su lecho de muerte por haberse desentendido de su hija y su nieta, decidió cambiar su testamento. Quería compensarla por no haberla reconocido en vida, de modo que Ashley había heredado una sustanciosa cantidad de dinero y una familia que sentía curiosidad por conocerla.

El dinero era suficiente para darle cierta seguridad sobre el futuro. Tendría que seguir trabajando, pero al menos podría comprar un piso. Por primera vez en su vida podría tener un sitio que fuera suyo, sólo suyo, y eso la ayudó a quitarse de encima los complejos que la habían acompañado durante toda su vida.

Su habitual reserva hacía que la asustara conocer a un montón de parientes, pero como su ruptura con Jack le había dejado un hueco en el corazón, decidió dar un paso tentativo hacia ellos.

Un paso que se convirtió en otra sorpresa porque organizaron una fiesta para ella, una reunión ruidosa y llena de gente que dejó a Ashley divertida y un poco mareada.

Tenía un montón de hermanos, tíos y sobrinos y solía ir a Gloucestershire, donde vivían muchos de ellos, a pasar los fines de semana. Y tener raíces, gente con la que contar, cambió su vida por completo.

Pero entonces ocurrió algo que puso el mundo de Ashley patas arriba. Mucho más que la inesperada herencia y el reencuentro familiar.

Volvieron a llamar de la agencia, con Julia protestando porque parecía su secretaria personal, para decir que Christine, el ama de llaves de Blackwood quería ponerse en contacto urgente con ella.

Ashley vaciló, pero sólo un momento porque sabía que Jack jamás le pediría a su ama de llaves que la llamase. Era demasiado orgulloso para eso y, además, si hubiera querido ponerse en contacto con ella lo habría hecho él mismo.

El instinto le decía que iba a recibir una mala noticia y cuando por fin logró hablar con Christine, la mujer le dijo que había habido un accidente.

–¿Un accidente? –repitió Ashley, con el corazón en un puño.

–Un incendio. Blackwood ha quedado destruido.

Se le doblaron las rodillas y, por un momento, no sintió el suelo bajo sus pies.

–¿Y Jack? –le preguntó, con un hilo de voz–. ¿Está herido?

Al otro lado de la línea hubo un silencio.

–Está ciego, Ashley –respondió Christine–. El señor Marchant está ciego.

¿Ciego? ¿Jack estaba ciego? Sólo una fuerza interior que no creía poseer evitó que cayera al suelo, desmayada. Pero, haciendo un esfuerzo sobrehumano, le preguntó:

–¿Dónde está ahora?

–Vive en otra de las casas de la finca. ¿Sabes dónde está Yvy House?

–Sí, lo sé.

–Está allí. Yo sigo trabajando para él y ahora voy casi todos los días, pero tiene un par de cuidadores que viven con él.

¿Su fuerte y orgulloso Jack, el hombre que había dirigido un batallón, tenía que ser atendido por cuidadores? Ashley tragó saliva, intentando imaginar el horror de su vida. Un hombre tan independiente teniendo que apoyarse en otras personas a todas horas... qué duro debía ser para él.

–Voy a verlo, Christine, pero no quiero que se lo digas. No digas nada, por favor.

–No lo haré.

Ashley fue a hablar con su jefe. Esperaba poder marcharse con su bendición, aunque sabía que se iría incluso sin ella porque tenía que hacerlo. Sencillamente, tenía que estar con Jack.

Después de explicarle la situación hizo la maleta y se dirigió a la estación. El viaje duró horas porque el tren parecía parar en todas las estaciones. Ashley tenía el estómago revuelto, seguramente por los nervios, y no pudo comer nada hasta que llegaron a la estación de Stonecanton.

Allí, subió al taxi que la esperaba y le indicó al conductor cuál era su destino. Si él la miró con curiosidad, no se dio cuenta. Estaba demasiado cansada y demasiado angustiada.

Yvy House estaba al otro lado de la finca, pero el taxi pasó frente a Blackwood y, por impulso, le pidió que tomase el camino que llevaba a la casa para ver lo que había quedado de ella.

Al principio pensó que Christine le había mentido porque de lejos parecía como si nada hubiera cambiado: los mismos muros grises, las mismas torres puntiagudas...

Pero cuando se acercaban vio que eso era lo único que quedaba en pie. El resto de la mansión era un amasijo negro de piedras y vigas quemadas. Un fantasma de casa sin ventanas ni techo.

Saber algo no era igual que verlo y la realidad de tal destrucción la puso enferma, pero no había tiempo para lágrimas, de modo que le dijo al taxista que continuara, mirando por última vez el caparazón vacío de lo que poco antes había sido una magnífica mansión.

A medida que se acercaban a Yvy House, el corazón de Ashley redoblaba sus latidos.

¿Qué iba a encontrarse allí?, se preguntaba. ¿El accidente habría cambiado a Jack, convirtiéndolo en un extraño?

Una mujer a la que no conocía le abrió la puerta, mirándola con cara de sorpresa.

—¿Quería algo?

—Soy amiga de Jack. Me he enterado del accidente y he venido a verlo.

—Lo siento, pero el señor Marchant no quiere recibir visitas.

—Por favor, tengo que verlo.

Tal vez algo en su expresión hizo que se compadeciera de ella porque, al fin, dio un paso atrás.

—Puede que le venga bien charlar con alguien, pero no se quede mucho rato. Venga por aquí.

Después de recorrer un largo pasillo, la mujer abrió una puerta y le indicó que entrase antes de cerrar de nuevo.

Las cortinas estaban echadas y la única luz era el fuego de la chimenea. Ashley temblaba mientras intentaba que sus ojos se acostumbrasen a la oscuridad. Y entonces lo vio, sentado frente a la chimenea, con la cabeza inclinada en un gesto de derrota. Su energía y su vitalidad habían desaparecido como si, igual que Blackwood, no fuese más que un caparazón vacío. A sus pies estaba el fiel Casey, que levantó las orejas al oírla entrar y dejó escapar un suave ladrido.

–Calla, chico –dijo Ashley en voz baja.

–¿Quién está ahí? –preguntó Jack, inclinando a un lado la cabeza–. ¿Eres tú, Mary?

–No, no soy Mary. ¿No sabes quién soy? Casey sí lo sabe.

Jack alargó una mano hacia ella y el gesto rompió el corazón de Ashley una vez más.

–¿Quién es? ¿Me he vuelto loco? Por un momento he pensado que...

Ashley tomó su mano.

–¿Qué habías pensado?

–Pero es su voz –dijo él, como un hombre que estuviera soñando–. Y ésta es su mano en la mía. ¿Ashley? ¿Ashley? ¿Eres tú, de verdad?

–Sí, soy yo. No es un sueño, aunque también a mí me lo parece.

–Deja que te toque.

Ashley pensó que quería besarla o acariciarla, pero «tocar» ahora significaba para Jack «ver» a una persona. Sus dedos se habían convertido en sus ojos y cuando se inclinó, él puso los dedos en su cara, trazando sus facciones como si estuviera aprendiendo sus rasgos otra vez.

–Eres tú de verdad –murmuró–. Ashley Jones.

–Sí, soy yo.

–¿Y has vuelto a mí?

–Sí, he vuelto a ti.

–No deberías haberte molestado –dijo Jack entonces, dejando caer la mano–. Deberías haberte quedado donde estabas y olvidarte de mí.

–¿De qué estás hablando?

–Por el amor de Dios, Ashley. No dejes que tu tierno corazón te esconda la verdad o la realidad. Me has visto, ahora puedes marcharte.

–¿Y si no quisiera irme?

–No puedes decidirlo tú. Yo te digo que te vayas.

–Jack...

–¿Crees que te merezco después de lo que hice? Ya no soy el hombre que necesitas... y tal vez es mi castigo por haberte engañado, por haberme llevado tu inocencia sin pensar en nada más que en mi propio placer –su voz se volvió ronca de emoción–. Pero no te preocupes, nadie te culpará por no quererme. Ni siquiera yo, especialmente yo. Estoy ciego y ésa es la cláusula de escape.

Ashley sentía como si una garra gigante apretase su corazón.

–¿Y si yo te dijera que no quiero una cláusula de escape? ¿Y si te dijera que no me importa tu ceguera? Que tú sigues siendo Jack, mi Jack, y siempre lo serás. Y que ninguna incapacidad sería peor que no tenerte en mi vida.

–¡No, por favor! ¿Crees que puedo soportar

que me digas eso? Todo ha terminado, Ashley, y yo lo he aceptado. Así que vete, por favor. Una vez me dijiste que no podrías volver a confiar en mí y que una relación no podía ser nada sin confianza... y tenías razón.

—Pero yo estoy segura de que no volverás a mentirme, Jack.

—¡Sólo lo dices porque estoy ciego, porque te doy pena!

—¿Cuándo he dicho yo algo que no pensara de verdad? —lo retó ella.

Y Jack no contestó.

Pasaban los segundos y Ashley, con el corazón en la garganta, sintió que le escocían los ojos. Hasta que, de repente, Jack alargó una mano para ponerla en su hombro y desde allí la bajó hasta su cintura. Y algo del auténtico Jack, del maravilloso amante, volvió mientras tiraba de ella para sentarla en sus rodillas.

—¿Lo dices en serio?

—Claro que sí. Cada palabra.

Su corazón latía como loco mientras apartaba el pelo de su frente en la que ahora tenía una cicatriz.

Ashley miró sus ojos negros que una vez habían sido tan brillantes, pero ahora eran opacos, y su corazón se encogió de pena, pero sobre todo de amor. Puro y profundo amor que ninguna cicatriz podría matar jamás.

–Jack, mi querido Jack...

–Bésame –dijo él–. Bésame una vez, Ashley. Convénceme de que no estoy soñando, que no voy a despertar para encontrarme solo otra vez.

Ella inclinó la cabeza y, al rozar sus labios, un sollozo escapó de su garganta.

–Oh, Jack, mi querido Jack.

El beso fue interminable y, para Ashley, decía todo lo que necesitaban decirse. Era un beso que los curaba y renovaba su amor y se preguntó si también él habría sentido esa unión de sus almas, ese reencuentro.

Cuando el beso terminó, Jack enredó los dedos en su pelo.

–Lo llevas suelto –observó.

–Sí, ahora suelo llevarlo así –dijo ella. Y entonces, sabiendo lo importantes que eran esos minutos, lo determinantes que eran para su futuro, se obligó a enfrentarse con la realidad–. Jack, ¿qué pasó?

–¿No lo sabes?

Ella negó con la cabeza, hasta que se dio cuenta de que esos gestos ya no servían de nada.

–Christine llamó para decirme que había habido un incendio en Blackwood y que tú estabas herido. Pero no sé nada más.

Jack jugó con su pelo durante unos segundos, en silencio.

–¿Por dónde empiezo?

–Una vez, tú me dijiste que por el principio.

Él asintió con la cabeza.

–Desde que te fuiste mi vida era... no sé si hay una sola palabra que pueda definirla: vacía, incompleta, gris, triste. Nunca me había sentido así, era como si hubiera perdido una parte de mí mismo. Y lo peor de todo era saber que había sido culpa mía, que si hubiera sido sincero contigo desde el principio seguirías a mi lado –Jack dejó escapar un largo suspiro–. Hasta que me convencí a mí mismo de que eras tan pura, tan inocente, que no tendrías una aventura conmigo si supieras que estaba casado.

De nuevo, Ashley apartó un mechón de pelo de su frente y cuando besó su cicatriz vio que él esbozaba una sonrisa.

–¿Sabes que mi mujer ha muerto?

–No, no lo sabía.

–¿Y has venido a pesar de todo?

La verdad era que no se había parado a pensar en eso. En cuanto lo vio se había echado a sus brazos, como si hubiera un futuro para ellos...

–¿Qué pasó?

–La mañana que te fuiste de Blackwood recibí una llamada de la clínica y me dijeron que había fallecido durante la noche. Pensé buscarte para contártelo, pero me sentía como un canalla y decidí que no tenía derecho a verte nunca más. Pero tenía el corazón roto y las pesadillas volvieron...

–Oh, Jack.

–Trabajé más que nunca. Hasta me llevaba el trabajo a la habitación para retrasar la hora en la que debía intentar dormir por miedo... –él sacudió la cabeza–. Una noche me quedé dormido en el sillón y una pavesa de la chimenea cayó sobre la alfombra. Debía estar más agotado de lo que pensaba porque no me di cuenta de que se prendían las cortinas... cuando desperté, era imposible controlar el incendio.

–Dios mío.

–El extintor del pasillo no sirvió de nada –siguió Jack–. Llamé a los bomberos y luego salí al jardín para buscar una manguera. Estaba intentando contener el incendio en la parte delantera cuando una viga cayó sobre mi cabeza... cuando desperté estaba en el hospital, con los ojos vendados. Y Blackwood ya no existía.

–¿No puedes ver nada?

Él guiñó los ojos, inclinándose un poco hacia delante.

–Puedo ver el brillo de las llamas y la vaga silueta del piano.

–¿Nada más? ¿No puedes verme a mí?

–No, ángel mío, pero tocarte y escucharte es más que suficiente.

Ashley se dio cuenta entonces de que estaba muy delgado, muy pálido.

–Deberías peinarte de vez en cuando. Tienes el pelo alborotado.

–¿Te resulto repulsivo?

Ella fingió pensárselo, como hubiera hecho antes.

–No puedes culpar a tu ceguera de todo, cariño.

Jack rió, sacudiendo la cabeza.

–Bruja –murmuró, apretando su mano–. ¿Sabes una cosa? Pensé que no volvería a sonreír o reír nunca más, pero llevo cinco minutos en tu compañía y ya he hecho las dos cosas.

–Ah, pero no puedo prometer que nuestra vida vaya a ser un camino de rosas. Puede que te vuelva loco.

–Voy a fingir que no he oído eso.

–¿Por qué?

–¿De verdad quieres volver conmigo?

–Claro que sí –dijo Ashley–. Quiero estar contigo durante el resto de mi vida, Jack. No podría soportar que fuese de otra manera. ¿Por qué crees que estoy sentada en tus rodillas, besándote cada vez que tengo oportunidad?

–Ahora sé lo que es el amor ciego –dijo él, burlón.

Ashley tuvo que sonreír ante tal irreverencia.

Pero se dio cuenta entonces de que nada podría matar la fuerza vital de aquel hombre. Su hombre, pensó, inclinándose para besar su nariz.

–Voy a hacer un té, ¿te parece?

–Muy bien.

–Y después vamos a ir a dar un paseo. Voy a describirte las flores y los árboles y cómo el sol brilla sobre la hierba. Y luego podemos sentarnos un rato para escuchar el canto de los pájaros. ¿Cuándo has salido a dar un paseo por última vez, Jack?

–No me acuerdo. Pero, aunque la idea de salir a dar un paseo es maravillosa, hay algo que siempre tendrá prioridad.

–¿Qué es? –preguntó ella, aunque no había necesidad de preguntar.

Jack sonrió de nuevo, trazando la curva de sus labios con un dedo.

–Había olvidado lo bien que se te da flirtear. Acércate más, bruja, y te lo demostraré.

Ashley supo entonces que sus ojos aún podían llorar porque mientras se besaban sintió la humedad en sus mejillas. Pero cerró los ojos y se olvidó de todo salvo de Jack Marchant.

Y, en ese momento, ella era tan ciega como él.

Epílogo

S E CASARON una mañana de verano en la iglesia del pueblo, cerca de Blackwood. Sus únicos testigos fueron Christine y Julia, una viuda y la otra soltera. Dos mujeres de mediana edad cuyos sueños de amor se habían roto o nunca se hicieron realidad, pero que miraban con afecto a la pareja que hacía sus votos con voz trémula en la pequeña iglesia.

Ashley llevaba un sencillo vestido blanco de algodón y un ramo de rosas de color crema que ella misma había recogido en los rosales ahora salvajes de Blackwood.

Vivían en Yvy House mientras reconstruían Blackwood porque Jack decidió que no podía soportar la idea de que la casa familiar acabara siendo un montón de escombros. Ashley se encargaba de supervisar los trabajos de reforma y estaba decidida a mejorar la magnífica mansión que tanto había significado para ella. Tendría brillantes suelos de madera y ventanales con cristales emplomados, pero también toques modernos.

Más baños dentro de los dormitorios, para empezar. Y también le gustaría ahorrar en calefacción y aprovechar la luz del sol con paneles solares en el tejado.

Jack seguía escribiendo su biografía, ahora dictándola en una grabadora, y Ashley seguía haciendo la transcripción al ordenador. Pero la novela no fue publicada nunca. Ni siquiera la leyó nadie, a pesar de los ruegos del agente de Jack.

Ashley no era una experta, pero incluso ella sospechaba que el contenido era explosivo. No sólo podría ser un éxito editorial sino cinematográfico. Aquel relato era una película.

Y una noche se lo dijo a su marido mientras estaban en el sofá, ella sentada y él con la cabeza sobre su regazo.

–Lo sé –murmuró él–. Pero no me interesa ese tipo de éxito, Ashley. Un éxito así lo devora todo, te cambia como persona. Yo tengo la finca y las granjas, no necesito más dinero. De hecho, estando aquí contigo tengo todo lo que quiero.

Ashley sabía a qué se refería porque había leído suficientes revistas del corazón como para entender que la fama corrompía. Podía imaginar las cosas que dirían los publicistas: *héroe ciego escribe novela anti-militarista*.

Sus vidas serían diseccionadas y Jack acabaría siendo como una bella mariposa pinchada en un pedazo de cartón, atrapado para siempre.

Siendo un hombre tan orgulloso, Ashley había esperado que se rebelase contra su ceguera, pero no era así. Parecía contento apoyándose en ella, tal vez porque en cierto modo se guiaban el uno al otro. Ella era sus ojos, él era su corazón y nunca unos votos matrimoniales habían parecido más sinceros.

Dos corazones en uno solo.

Hasta que una mañana Jack le preguntó si llevaba puesto un vestido azul.

Ella se dio la vuelta, sorprendida.

–Sí, es azul –respondió.

–¿Y llevas un collar de oro?

Era el collar de oro y perlas que Jack le había regalado el día que se casaron.

–¡Sí!

Intentando no hacerse demasiadas ilusiones, pidió cita con uno de los mejores oftalmólogos de Londres y la visión de Jack empezó a mejorar poco a poco hasta que, gradualmente, recuperó la de un ojo. Nunca podría hacerse piloto o leer la letra pequeña de un contrato sin la luz adecuada, pero distinguía lo suficiente como para ver la cara de su primer hijo y comprobar que había heredado sus brillantes ojos negros.

Ashley estaba embarazada de su segundo hijo cuando las reformas de Blackwood terminaron por fin, la bella mansión restaurada y mejorada.

Pero no se mudaron allí porque Jack había tenido otra idea: se le había ocurrido que fuese una residencia para ciegos. Quería crear un «jardín para los sentidos», lo llamaba, compuesto de plantas y flores fragantes en el que sentarse a escuchar el canto de los pájaros.

Ivy House era suficientemente grande para ellos y siempre podían ampliarla si tuvieran necesidad. Quería que Blackwood se convirtiera en un refugio para aquéllos que lo necesitaban. Y su deseo se hizo realidad.

Una familia de Londres se había marchado esa misma mañana y la niña de seis años, ciega de nacimiento, había dejado un ramo de lirios para ellos como regalo de despedida.

Ashley enterró la cara en el ramo y sintió una oleada de gratitud por todo lo que tenían.

Recordaba la primera vez que llegó allí, lo formidable que le había parecido la casa. Y la primera vez que Jack la había llevado por la escalera hasta su habitación, lo imponente y poderoso que era. Seguía siéndolo, su tierno e imaginativo amante.

Habían experimentando penas y alegrías durante esos años, pero todo eso los había hecho más fuertes, creando lazos inquebrantables entre los dos.

Cuando levantó la mirada lo vio acercándose por el pasillo con una sonrisa en los labios que la hizo suspirar. Todos esos años juntos y su vida con Jack le seguía pareciendo una luna de miel.

–¿Por qué sonríes de manera tan enigmática, Ashley Marchant? –le preguntó.

Ella levantó una mano para tocar su pelo.

–Pensaba que estoy de acuerdo con quien escribió: «el amor lo conquista todo».

–Virgilio –dijo él, mientras la tomaba entre sus brazos–. Lo escribió Virgilio.

Jack, con el corazón hinchado de felicidad, experimentaba un profundo sentimiento de gratitud. Porque sabía que era el más afortunado de los hombres. Había librado mil batallas en su vida, pero haberse casado con Ashley era su mayor victoria.

Bianca™

Al cabo de nueve meses, iba a desvelarse otro secreto...

Leo Parnassus había regresado a Atenas para hacerse cargo del imperio familiar. Nacido y criado en Nueva York, le resultó difícil lidiar con las intrigas familiares y las expectativas de que se casara y produjera herederos. En medio de tanta tradición, aquella hermosa joven resultaba una distracción bienvenida.

Tal vez fuera una humilde camarera, pero Ángela ocultaba algunos secretos... A Leo le encantó descubrir que era virgen, ¡pero no saber que se trataba de la hija de su adversario!

Corazones rivales

Abby Green

Acepte 2 de nuestras mejores novelas de amor GRATIS

¡Y reciba un regalo sorpresa!

Oferta especial de tiempo limitado

Rellene el cupón y envíelo a
Harlequin Reader Service®
3010 Walden Ave.
P.O. Box 1867
Buffalo, N.Y. 14240-1867

¡Si! Por favor, envíenme 2 novelas de amor de Harlequin (1 Bianca® y 1 Deseo®) gratis, más el regalo sorpresa. Luego remítanme 4 novelas nuevas todos los meses, las cuales recibiré mucho antes de que aparezcan en librerías, y factúrenme al bajo precio de $3,24 cada una, más $0,25 por envío e impuesto de ventas, si corresponde*. Este es el precio total, y es un ahorro de casi el 20% sobre el precio de portada. !Una oferta excelente! Entiendo que el hecho de aceptar estos libros y el regalo no me obliga en forma alguna a la compra de libros adicionales. Y también que puedo devolver cualquier envío y cancelar en cualquier momento. Aún si decido no comprar ningún otro libro de Harlequin, los 2 libros gratis y el regalo sorpresa son míos para siempre.

416 LBN DU7N

Nombre y apellido	(Por favor, letra de molde)
Dirección	Apartamento No.
Ciudad	Estado	Zona postal

Esta oferta se limita a un pedido por hogar y no está disponible para los subscriptores actuales de Deseo® y Bianca®.
*Los términos y precios quedan sujetos a cambios sin aviso previo.
Impuestos de ventas aplican en N.Y.

SPN-03   ©2003 Harlequin Enterprises Limited

Eres para mí
BRENDA JACKSON

Matthew Birmingham nunca había jugado limpio, especialmente en lo que se refería a Carmen, su ex mujer. Pero cuando ella se mudó al otro lado del país, la siguió, decidido a recuperar su amor... por todos los medios posibles.

El amor del jeque
OLIVIA GATES

El jeque Adham veía el matrimonio como un acuerdo comercial y a su mujer como una mera conveniencia... hasta que tuvieron que hacer el papel de pareja enamorada en público. ¿Haría que se replantease la relación ver que otros hombres cortejaban a su bella esposa?

Bianca™

Ella deberá amarlo, honrarlo y… obedecerlo…

Sadie Carteret y Nikos Konstantos estuvieron locamente enamorados y habían planeado casarse y fundar una poderosa dinastía. Pero la combinación de placer y negocios terminó con sus sueños. Nikos fue acusado de haber pretendido casarse con Sadie por su dinero y su apellido, y la familia de ésta se dedicó en cuerpo y alma a acabar con él. La boda se canceló y Nikos y Sadie no volvieron a verse.

Pero ahora Nikos ha recuperado su imperio y, convertido en un millonario sin escrúpulos, está decidido a limpiar su nombre y a exigir lo que le corresponde.

Un griego cruel

Kate Walker